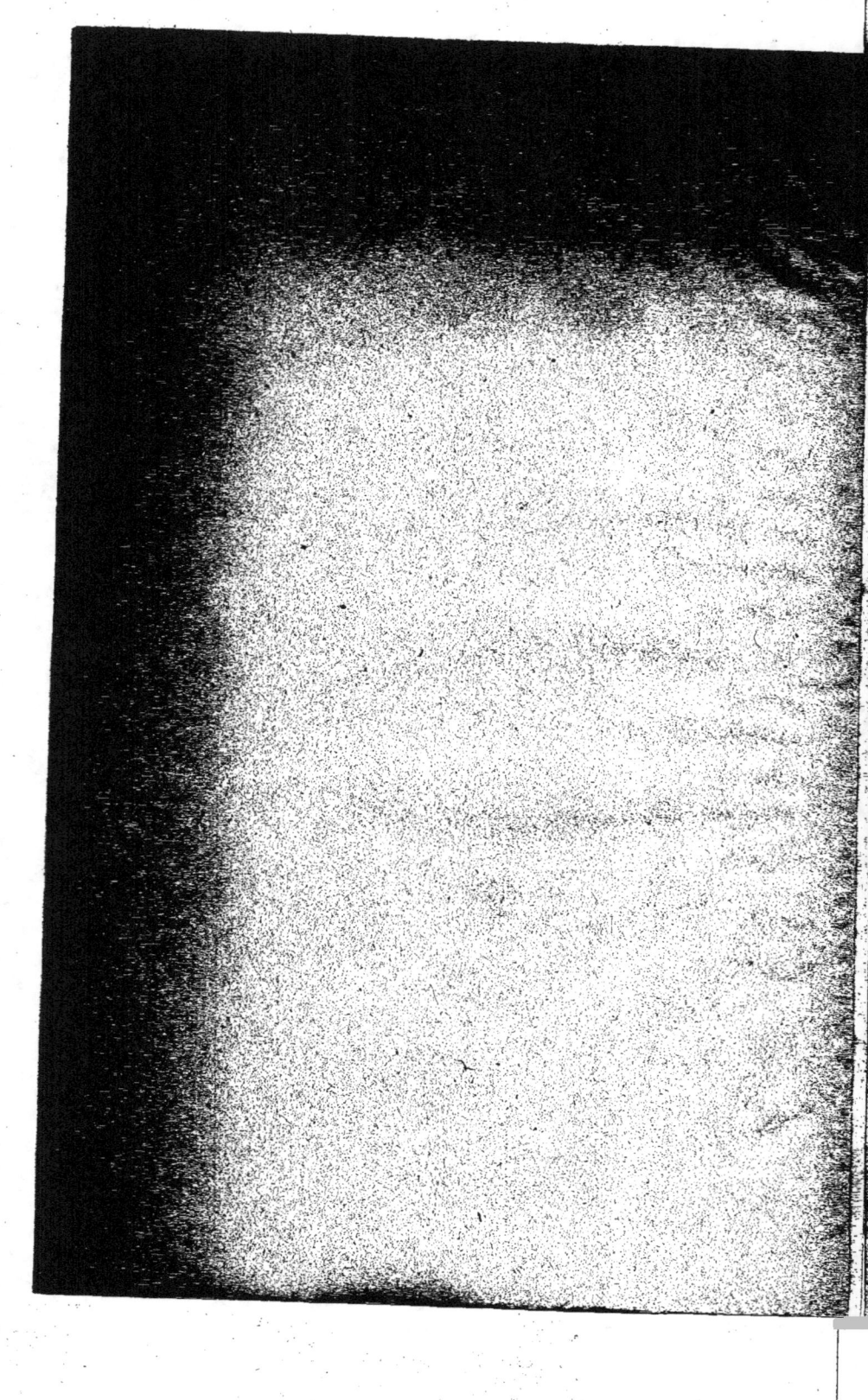

AZPEITIA

LES FÊTES EUSKARIENNES AU PAYS DE SAINT IGNACE

CHARLES BERNADOU

AZPEITIA

LES FÊTES EUSKARIENNES AU PAYS DE SAINT IGNACE

SEPTEMBRE 1893

BAYONNE
IMPRIMERIE A. LAMAIGNÈRE, RUE JACQUES LAFFITTE, 9.
1894

A M. ANTOINE D'ABBADIE
Respectueux hommage.

LOYOLA

Casa Solar

Colegio.

F.^d Gorrèges del

Ch. Delâtre Imp

AZPEITIA

Les Fêtes Euskariennes au pays de Saint Ignace

Septembre 1893

DE BAYONNE A AZPEITIA

Une première visite à Loyola au mois de juillet, pour les fêtes de saint Ignace, nous avait laissé de si aimables souvenirs que nous nous étions bien promis de saisir une occasion de revoir cette ravissante vallée, cette *Casa Santa* si curieuse, cette petite ville d'Azpeitia, si pittoresquement assise au bord de l'Urola.

Et l'occasion est venue s'offrir le samedi 9 septembre, doublement attrayante, puisqu'au plaisir de faire un second voyage *tra los montes,* en aimable compagnie, se joignait pour nous la joie d'assister enfin à ces fêtes euskariennes organisées depuis quarante ans et plus par notre illustre compatriote, M. Antoine d'Abbadie, tantôt dans l'une, tantôt dans l'autre des localités des sept provinces basques de France et d'Espagne.

On sait le noble but poursuivi par le châtelain d'*Abbadia :* exciter chez tous les Basques le vif amour de leur pays natal, de leurs usages, de leurs jeux, de leurs chants si originaux ; maintenir les traditions des poètes euskariens, de ces improvisateurs si féconds, de ces danseurs et de

1

ces joueurs de pelote aux allures si vives, si harmonieuses.

On sait aussi quel éclat ont eu ces fêtes dès le début à
Urrugne, puis à Sare, puis par delà les Pyrénées ; et, pour
ne rappeler que les dernières, nos lecteurs n'ont pas
oublié le concours et les applaudissements qui saluèrent
l'année dernière les fêtes de Saint-Jean-de-Luz.

Cette année c'est à Azpeitia, au fond du Guipuzcoa,
dans l'une des plus riantes vallées du Pays Basque espagnol, qu'elles ont eu lieu les 10, 11 et 12 septembre. Et là,
comme partout, nos Basques, Français et Espagnols, ont
chaleureusement fraternisé et porté aux étoiles leur illustre compatriote *Don Antonio Abbadia !*

.

Donc, le samedi 9 septembre, nous courions à toute
vapeur vers la frontière, admirant pour la centième fois
les merveilleux paysages qui se déroulent des coteaux de
la Nive à la baie de Saint-Jean-de-Luz et à l'embouchure
de la Bidassoa. A Irun, station d'une heure ! Le moyen de
résister à l'envie de revoir Fuenterrabia encore en fête,
au lendemain de la fameuse procession religieuse et militaire du 8 septembre, célébrée en mémoire de la levée du
siége de 1638 ! Déjà de nombreux groupes s'acheminent
vers le cirque pour voir *las corridas de novillos.* La fanfare
municipale donne une sérénade dans la *calle Mayor,* en
l'honneur d'un organiste venu pour prêter son concours
à la fête, et sur la *plaza de armas,* au pied du sombre châ-
teau de *D. Sancho el Fuerte* et de Charles Quint, des fillettes
esquissent un pas de danse.

Nouvel arrêt à Saint-Sébastien : de nombreux baigneurs reprennent le chemin de leurs foyers, et nous voyageons, avec une aimable famille de Vitoria, à travers les nombreux tunnels et les ponts sans nombre et les viaducs hardis qui forment la voie jusqu'à Zumarraga.

A Zumarraga, nous laissons le train et montons en *cesta* (voiture d'osier), pour visiter tout d'abord l'église, vaste, riche, avec de beaux autels et des colonnes superbes. Tout autour de l'église, un grand cloître ou préau couvert. En face, de l'autre côté de l'Urola, qui sépare les deux *ciudades,* est l'église de Villaréal de Urrechu, beaucoup plus modeste.

Mais sur la place de Villaréal se dresse la superbe statue de José Maria Yparraguirre, le chantre inspiré du *Guernicaco Arbola.* Le barde guipuzcoan, campé sur sa hanche, la tête et les cheveux au vent, la main appuyée sur sa guitare, a vraiment grand air.

Cette statue en marbre blanc, de deux mètres de haut, est portée sur un beau socle de marbre gris et entourée d'une grille. Au fronton du socle sont sculptées les armes de la province de Guipuzcoa. Sur le côté opposé se lit l'inscription suivante :

JOSÉ MARIA YPARRAGUIRRERI

BERE JAYOTERRIAK

EUSKAL-ERRI GUZTIAK

BAITA ERE ERBESTEETAN

SAKABANATUTAKO

EUSKALDUNAK

ESKEINTZEN DIOTE

OROIPEN AU

M DCCC LXXXX

Sur le côté droit du socle :

EUSKAL-ERRIAREN
OROIPENA [1]

Enfin, sur le côté gauche, une guitare et quelques
feuillets de papier, fort délicatement sculptés, sur lesquels
se lisent les premières mesures du GUERNICACO ARBOLA.

L'inauguration de ce beau monument, œuvre du sculpteur D. Francisco Font, donna lieu, en septembre 1890,
à des fêtes splendides, dont la *Revista Vascongada* fit un
enthousiaste compte rendu. Les trois provinces basques
tinrent à honneur d'y être représentées, et comme toujours en Guipuzcoa, ce fut une série de fêtes religieuses
et civiles qui durèrent trois jours, les 27, 28 et 29.

Il y eut d'abord, le 27 au matin, procession solennelle
des reliques de sainte Anastasie, la patronne de Villaréal,
avec *tamboriles* et danse des *espaladantzaris* ; puis exécution
d'une grand'messe spécialement composée pour la circonstance par le maëstro Eleizgaray ; après l'évangile,
sermon basque. A la suite de la messe, aux applaudissements de la foule et au chant magistralement exécuté de
l'hymne cher aux Basques, l'alcalde découvrit la statue.

(1) *A José Maria Yparraguirre*
sa ville natale
le Pays Basque tout entier
et les Basques dispersés
à l'étranger
ont dédié
ce monument
1890

—

Souvenir
du
Pays Basque

Un banquet suivit dans le grand salon de l'*Ayuntamiento* orné de guirlandes, de drapeaux ; au balcon se lisait la noble devise des armes de la ville : *Soli Deo honor et gloria,* et, dans les toasts chaleureux, les présidents des députations de Biscaye, Alava et Guipuzcoa saluèrent noblement le grand nom d'Yparraguirre et surent dire, en excellents termes, combien au cœur de tous les Basques, comme dans les strophes de l'hymne inspiré, Religion et Patrie sont invinciblement unies (1).

Mais Villaréal est déjà loin de nous, et la voiture s'est engagée dans la gorge pittoresque et sauvage creusée par l'Urola jusqu'à Azcoitia. A droite et à gauche, des champs de maïs, de grands bois de chênes et de châtaigniers, des vergers jusqu'aux cimes les plus élevées, des maisons basques au large toit à deux eaux, mais point riantes et blanches comme en notre Labourd ; quelques-unes même, aux grosses assises, aux murs noircis, basses et carrées, avec un toit très bas sous lequel se voient des traces de machicoulis et de meurtrières, ont l'air de forts crénelés.

Et ce sont en effet de vieilles *casas torres,* plantées sur les bords du torrent, aux passages les plus étroits ; çà et là, des ponts de pierre à dos d'âne, aux arcs d'ogive pittoresquement tapissés de lierres.

Après mille détours, la gorge s'ouvre enfin et nous entrons dans Azcoitia, petite ville fort bien pavée, coupée en deux par l'Urola : ici encore de nombreuses vieilles

(1) Voir pour plus de détails le très curieux numéro spécial que fit paraître à cette occasion l'excellent *Euskal-Erria. Revista Vascongada,* de Saint-Sébastien, le 30 septembre 1890.

maisons aux portes et aux croisées ogivales, décorées de nombreux écussons ; une église très vaste et très belle, avec un porche majestueux ; tout à côté, une ravissante petite *Alameda* avec une belle fontaine formée de deux barriques de pierre. Sur la place de l'*Ayuntamiento*, les *tamborileros* annoncent la fête du lendemain, à la grande joie des fillettes qui déjà savent danser le fandango gui-puzcoau.

Azcoïtia a de nombreux *caserios,* un ermitage pittores-quement perché sur une colline et deux couvents de Sœurs cloîtrées : les Clarisses et les Brigittes *(Brigidas recolelas)* de Mira Cruz.

A la sortie de la ville, la route fait un brusque détour ; nous laissons à droite les bains sulfureux de San Juan de Dios, et bientôt nous apparaît, émergeant dans le crépus-cule, l'imposante coupole de Loyola.

Nous saluons de loin la *Casa Santa* et la blanche statue d'Ignace, et arrivons enfin, à travers cette vallée riante mais déjà sombre, à Azpeitia.

.·.

La ville est en liesse : fanfares, *coheles,* chants et cris éclatent à l'envi dans les rues et sur les places ; c'est à travers une foule de deux mille personnes au moins que nous atteignons la *fonda de Arteche,* sur la petite place de *Buztinzuri.* M. et Mᵐᵉ d'Abbadie, M. le chanoine Adéma nous y ont précédés. Bientôt D. Juan Bautista de Acilona. *primer teniente en funciones de alcalde* de Azpeitia, vient, au milieu des vivats et des applaudissements, souhaiter la bienvenue au Président de l'Institut de France, au Basque illustre, dont le cœur toujours chaud et vaillant bat à l'unisson de tous les cœurs basques,

M. le Maire présente MM. les Membres de la Commission des fêtes, D. Agustin Jauregui, curé d'Azpeitia, D. Angel Antonio Arrese, D. Juan Clemente, D. José Maria Muguruza y D. Antonio Alzuru.

Après le souper, vers les huit heures et demie, une harmonieuse fanfare (la *charanga* de la ville) nous appelle au balcon : dix-huit jeunes gens, coiffés du béret rouge, saluent de leurs accords les nouveaux hôtes d'Azpeitia, et plus de cinq cents enfants et jeunes gens crient de leurs belles voix de montagnards : *Viva, viva don Antonio Abbadia!* Polkas, mazurkas, pas redoublé et même une valse, *la Azpeitiana,* se succèdent à l'envi, et bientôt éclate, grave et majestueux, le *Guernicaco Arbola :* tous les fronts se découvrent, et l'hymne grandiose et fier se déroule dans le silence de cette belle nuit de septembre, en toute sa religieuse harmonie. C'est vraiment très beau, très imposant ! (1).

AZPEITIA ET LA VALLÉE D'YRAURGUI
LES JEUX

Le lendemain, dimanche. premier jour de la fête, la *charanga* parcourt la ville dès les premières heures. jouant l'*Euskaro casero,* pas redoublé avec accompagnement de tambour. fort harmonieux ; nous revoyons avec un nouveau plaisir cette belle place de l'*Ayuntamiento,* bordée de deux côtés de hautes et belles maisons à arcades, anciens couvents de Dominicains et d'Augustins sécularisés en 1834 : l'un d'eux, le couvent des Augustins, faisant face

---

(1) Voir à l'*Appendice* ce beau chant, si populaire dans les trois provinces basques-espagnoles.

à l'Urola, est aujourd'hui la *Casa Consistorial,* qui conserve
encore, à l'intérieur, l'antique chapelle, vaste mais un
peu nue ; il y a là quelques beaux rétables, et M. le curé
d'Azpeitia y dit la messe tous les dimanches.

Ces couvents toutefois et cette grande place, aussi bien
que la place de *Buztinzuri,* sont en dehors de la vieille
enceinte, car jadis Azpeitia était ville murée, fortifiée,
avec quatre portes ; trois longues et uniques rues la com-
posaient avec l'église et l'ancienne *Casa Consistorial,* transformée aujourd'hui en *Alhóndiga* (grenier public). Dans ces
vieilles rues se voient dix ou douze maisons des xve et
xvie siècles, aux fenêtres ogivales géminées, avec cordons
et losanges de briques en relief, à la mauresque, aux
balcons richement sculptés, aux portes à arc d'ogive dont
les battants sont ornés de gros clous finement ouvrés.

Mais le plus remarquable édifice du vieil Azpeitia, c'est
l'église paroissiale, *San Sebastian de Soreasu.*

Cette église est très belle : trois vastes et larges nefs
séparées par des piliers élancés, en marbre gris, très
élégants ; le maître-autel avec un rétable grandiose ; des
autels nombreux adossés aux piliers et des chapelles latérales entre les contreforts ; dans le fond une très belle
tribune, *el coro,* auquel on accède par un large et bel
escalier. Dans ce *coro,* très vaste, de belles orgues actuellement en réparation : on y va dépenser 25,000 pesetas et
leur donner 52 jeux ; il en manque encore dix, et déjà les
morceaux exécutés sont d'un bel effet. Il est vrai que
l'organiste, D. Toribio Eleizgaray, est un artiste consommé.

Dans l'une des chapelles latérales, à droite du maître-
autel, est le tombeau avec statue d'un des plus illustres
enfants d'Azpeitia, portant cette inscription :

AQUI YACE ENTERADO EL MUY ILLUSTRE Y MAGNIFICO SEÑOR
DON MARTIN ZUMBERO, OBISPO EN TUY, DEL CONSEJO DE LOS
CATOLICOS NUESTROS REYES DON FERNANDEZ Y DOÑA ISABEL,
PRESIDENTE DE LA SAGRADA INQUISICION DE ESTOS REINOS DE
ESPAÑA, MAESTRO DE SANTA TEOLOGIA, FALLECIO EN LA VILLA
DE MADRID AÑO DE 1516.

A côté du sanctuaire est une très belle et vaste sacristie,
d'un côté ; de l'autre, une chapelle fondée par un autre
illustre fils d'Azpeitia, D. Nicolas Saez de Elola, l'un des
conquistadores qui accompagnèrent au Mexique Fernand
Cortez. Le vaillant capitaine laissa par testament une
rente pour doter chaque année six jeunes orphelines de
50 ducats chacune, plus 100 ducats et le logement pour
un maître d'école, *preceptor de gramática* (1). La statue
représente le conquistador couché, casqué et armé, sur
sa pierre tombale.

Mais la perle de cette belle église, ce sont les fonts bap-
tismaux, gardant vivant le souvenir de saint Ignace, qui
fut baptisé là en 1491. Ces fonts ont été religieusement
conservés, et la chapelle, située tout au bout de l'église,
en face du sanctuaire, est ornée d'une grille massive très
belle. Dans le haut, au pied de la statue du saint, se lit
l'inscription suivante :

EMENCHEN

BATIATUBA

NAIZ (2)

La tour carrée et haute du clocher est surmontée, chose
rare en Guipuzcoa, d'une flèche d'ailleurs peu élégante ;

(1) D. Lope de Isasti : *Compendio historial de la M. N. y M. L. provincia de
Guipuzcoa*, 1625 ; éd. de San Sebastian, 1850, p. 544.
(2) *C'est ici que j'ai été baptisé.*

mais les cloches sont très belles et surtout très harmonieuses.

Plus récemment, dans la deuxième moitié du siècle
dernier, avec les pierres de marbre déjà préparées pour
le couvent de Loyola, mais que l'on ne put utiliser à cause
de l'expulsion des Jésuites en 1767, on a orné la grande
porte latérale d'un beau et vaste porche d'ordre toscan
surmonté de la statue de saint Sébastien, patron de
l'église, et portant au fronton les inscriptions suivantes :

CAROLI DOMINATUS
IN HISPANIA ANNO XII
SALUTIS REPARAT.E
M DCC LXXI
BONAVENTURA RODRIGUEZ
DELINEAVIT ME

—

DIVIS SEBASTIANO IGNATIO DEDICATUM

AZPEITIENSUM AMORE
GRATITUDO MUNIFICEN
TIA HOC CONDIDERE
MONUMENTUM
FRANCISCUS YBEROLE FECIT ME

Tout à côté de l'église est un lavoir bien construit, très
commode, qui nous rappelle le beau lavoir de Tolosa. Et
comme nous félicitions ces Messieurs d'avoir une munici
palité si intelligemment dévouée au bien public : — Mais,
nous dit-on, ce lavoir a été construit aux frais d'un *Indiano*
de céans, fils d'une pauvre blanchisseuse. — Heureux pays
où, bien loin de rougir de l'humble condition de leurs
pères et mères, les enrichis savent s'en souvenir en se
montrant généreux pour les humbles et les petits !

En dehors de son enceinte assez étroite, Azpeitia comptait jadis et compte aujourd'hui encore de nombreux *barrios* et de fertiles campagnes : sa population nombreuse pouvait fournir, au XVIIe siècle, six à sept cents *vecinos* bien armés et toujours prêts à voler à la frontière, comme ils le firent en 1638, lors du fameux siège de Fontarabie. Dans la ville, dans les *barrios* et dans la campagne on comptait jusqu'à 300 *casas solares* (maisons nobles), quelques-unes fort anciennes, comme celles des Oñaz et des Loyola. Le sol, très fertile, très bien cultivé, produisait quinze à seize mille *fanegas* de blé, maïs et autres grains : l'Urola et ses affluents faisaient travailler de nombreuses forges, et les Azpeitians exportaient, bon an mal an, dix à douze mille quintaux de fer ouvré, en Castille, en Andalousie et jusqu'aux Indes, ce qui leur procurait environ 60,000 *pesos* (100 à 120,000 francs) (1).

La plupart de ces forges primitives ont disparu, mais la campagne est aussi bien cultivée et offre le plus riant aspect : champs et vergers promettent une belle récolte.

Et puis, tout en conservant, comme Tolosa sa voisine, le souvenir de ses vieilles gloires, Azpeitia est une ville de progrès : l'Urola et ses affluents ne font plus marcher des forges, mais ils permettent à la ville de s'éclairer, le soir, à la *luz electrica*.

Sur l'Urola, trois ponts pittoresques relient la ville à la campagne : au bout d'un de ces ponts, une très belle maison forte, aux quatre angles flanqués de petites tourelles, la *Casa de Emparan,* autre famille illustre d'Azpeitia dont un des fils, D. Francisco José, fut lieutenant général

(1) P. Gabriel de Henao. *Antiguados de Cantabria*, tomo 2º (1691), p. 328. *Descripcion de la muy noble y muy leal villa de Azpeitia, patria de San Ignacio de Loyola.*

des armées royales et gouverneur des Iles Canaries. Ce palais servit de résidence à Don Carlos lors de la dernière guerre ; à droite est un couvent de Clarisses, dont la vaste chapelle est très belle avec ses autels aux grands rétables, sa chaire dorée et ses statues expressives.

De ce pont et à cette heure matinale, la vue sur Azpeitia, l'Urola, la vallée tout entière et dans le fond la coupole de Loyola, est tout simplement merveilleuse.

La petite ville endimanchée offre bientôt un air de fête et de gaieté qui réjouit les yeux : des enfants en grand nombre, des femmes, des jeunes filles coiffées de noires mantilles, saluent respectueusement le prêtre d'un *Ave Maria purissima*, les hommes portent la main à leur béret, les campagnards étalent fruits et légumes aux abords de la *Casa Consistorial* et de l'*Alhóndiga*, ce pendant que les alguazils se promènent toujours graves et majestueux.

.·.

Mais les cloches nous appellent à la grand'messe : *tamborileros* et musiciens escortent l'alcalde, les membres de l'*Ayuntamiento* et de la commission des fêtes, M. et Mme d'Abbadie, M. le chanoine Adéma, qui prennent place au chœur et dans les premières travées, sur des bancs ornés des armes d'Azpeitia. Un excellent orchestre et le grand orgue soutiennent la maîtrise qui, du haut du *coro*, exécute la *misa de bajos,* du maëstro D. Mariano Garcia, d'un accent tout triomphal. L'alcalde est à la place d'honneur, au pied du maître-autel, tenant en main la *vara* flexible, signe de justice et de paix tout ensemble ; à l'offertoire, ces Messieurs vont à l'offrande, et à l'élévation tous s'agenouillent, tenant en main le cierge allumé.

A l'autel, les cérémonies se déroulent avec une dignité

et une pompe vraiment religieuses ; la tenue des assistants, fort nombreux, est grave et recueillie ; les enfants eux-mêmes, si pétulants tout à l'heure en acclamant *Don Antonio Abbadia*, témoignent d'une édifiante piété. Nous voici bien dans le pays de saint Ignace ! Les hommes et les enfants occupent, à côté de l'alcade et des autorités, de larges bancs de chêne dans la première travée ; dans les autres travées, dames et damoiselles ont quelques chaises, mais la plupart des femmes sont à genoux et assises sur le sol en planches de l'église.

.   .

A dix heures et demie le cortège, maire en tête, se rend à la *Casa Consistorial* et préside aux premiers jeux du haut du balcon.

Mais tout d'abord, et sur les indications de M. d'Abbadie, il est procédé à la nomination des trois juges du premier concours : pour ce faire, trois jetons ou haricots blancs sont jetés dans une urne, mêlés à des jetons ou haricots noirs ; chacun des assistants qui ont témoigné le désir de prendre part à l'élection et dont la liste a été préalablement dressée, tire à son tour un haricot, et les trois qui ont tiré les trois haricots blancs nomment les trois juges : en cas de partage des voix entre les électeurs, les juges sont tirés au sort.

Cette curieuse cérémonie, empruntée par M. d'Abbadie aux usages des anciennes paroisses du Pays Basque, et notamment à Biriatou, se répétera avant chaque concours, et chaque fois les juges seront différents (1).

(1) Voir ci-après, à l'*Appendice*, le nom de ces juges. Rappelons ici que sous l'Ancien Régime quatre catégories de citoyens ne pouvaient prendre part aux

Le concours des coureurs *(lasterkaris)* commence entre dix concurrents tous pleins de feu et d'entrain, trop de feu même, car l'un d'eux se casse malheureusement la jambe. Les coureurs ont à faire un assez long parcours, dix fois la longueur de la place, du péristyle de la *Casa Consistorial* au bord de l'Urola, aller et retour. Chaque coureur doit, à chaque tour, prendre une pomme dans un panier au bord de l'Urola et la porter à un autre panier sous le péristyle. Le vainqueur est Arrozpide, le plus âgé des concurrents, un *aizkolari* (bûcheron) de la haute montagne, vigoureux et élancé ; il reçoit tout joyeux les 60 francs en or ; le second prix (30 francs) est gagné par Manuel Aizpuru, d'Azpeitia, et le troisième (10 francs) par Francisco Echeberria, d'Elgoïbar.

La course est suivie de la première partie de pelote, le jeu entre tous aimé de nos Basques : c'est une partie de blaid à mains nues entre deux enfants d'Azpeitia, Ignacio Alberdi et José-Maria Beriztain, et deux Azcoitians, Modesto et Javier Larrañaga ; les points sont chaudement disputés sous un soleil ardent que M. d'Abbadie tout le premier brave avec une intrépidité juvénile et qui rappelle le voyageur en Ethiopie. Tout le monde admire le coup d'œil, l'adresse, l'étonnante agilité de ces jeunes gens ; mais à une heure et demie ils sont *ex-æquo* à 33 points sur 40 et à bout de forces. D'un commun accord, le jury partage le prix de 80 francs entre ces vaillants.

. .

élections de la paroisse en notre Pays Basque : les prêtres, qui devaient toujours planer au-dessus des intérêts et des discussions, — les soldats, liés par l'obéissance passive, — les condamnés de droit commun, — les avocats ! Nous retrouvons ces mêmes usages à Bayonne ; mais ici les avocats, après de longues luttes, forcèrent les portes de l'hôtel de ville.

A quatre heures, sur la place de l'*Ayuntamiento*, couverte d'une foule tumultueuse et bruyante, avide d'entendre et de voir ses poètes populaires, a lieu le concours des *koplakaris* ou *bersolaris* (improvisateurs), dont la fécondité et la verve sont traditionnelles en deçà comme au delà des Pyrénées. Six concurrents montent sur l'estrade, mais le tumulte grandissant toujours, on appelle nos bardes au balcon de la *Casa Consistorial*.

La lutte commence, et bientôt trois des poètes se retirent. La lutte se circonscrit entre les trois autres : Pello *Errota,* le meunier d'Asteasu, déjà célèbre et vainqueur en maint combat, et deux paysans, José Bernardo Otaño, de Cizurquil, et Juan José Alcain, de Usurbil.

On devine ce que, en Guipuzcoa comme en Labourd, deux paysans peuvent dire d'aimable à un meunier qui s'enrichit à leurs dépens? Le meunier se défend et attaque à son tour. Est-ce sa faute si le grain qu'on lui apporte est maigre et de rendement médiocre? Il ne peut cependant pas rendre trois *fanegas* de farine pour deux de blé ! Et toute la place, qui écoute en silence maintenant, accueille de ses rires et de ses applaudissements chaque couplet de huit à dix vers doucement chantonné.

Mais bientôt le ton de nos bardes s'élève, ils chantent la gloire du Pays Basque et les liens d'indissoluble fraternité des sept provinces sœurs : Biscaye, Guipuzcoa, Alava, Navarre Haute et Basse, Labourd et Soule ; les chants enthousiastes se succèdent et se répondent, célébrant avec un fougueux *crescendo* l'union féconde de tous les Basques.

Les applaudissements et les cris de la foule redoublent : *Viva Pello ! Viva Pello !* c'est bientôt le cri dominant ; et en effet, par sa facilité d'improvisation, la grâce et aussi le piquant de ses traits, le meunier d'Asteasu l'emporte. Après délibération, les membres du jury lui décernent à l'unanimité le prix de 100 francs en or, tout en regrettant que ses deux concurrents, qui lui ont si fièrement tenu tête, ne reçoivent pas au moins un *accessit* couvrant les frais de leur voyage.

**

Cette première journée s'achève au Cercle catholique de Saint-Ignace, où nous trouvons une nombreuse et brillante assistance de dames et de demoiselles : les honneurs du Cercle sont faits avec une exquise courtoisie par le président, D. Antonio Alzuru, et les membres de la commission. Un orchestre au grand complet prélude, et la toile d'un gentil petit théâtre se lève sur vingt à trente chanteurs exécutant le beau *zortziko* de Iparraguirre, *Nere maitiarentzat (A ma bien-aimée)* ; violon et piano nous donnent des variations de *Lucie*, l'orchestre exécute diverses symphonies de D. Toribio Eleizgaray, l'organiste-compositeur, et enfin un trio d'amateurs joue une fine comédie, *El Andalu mas templao*, et chante avec verve et entrain une gracieuse *zarzuela* (opéra comique), *Música clásica* de Chapi, qui nous rappelle, à s'y méprendre, le *Maître de Chapelle*. Les applaudissements et les bravos éclatent ; mais à la fin tout le monde est debout, entonnant le *Guernicaco Arbola*.

Comme nous sortions du Cercle vers les onze heures, accompagnant M. et Mme d'Abbadie et M. le chanoine Adéma, nous sommes arrêtés sous le balcon d'une *posada* et du Casino azpeitian par le chant monotone et doux de deux *bersolaris,* dont l'un est le fameux lauréat de l'après-midi. Les deux poètes se provoquent et se répondent par

des strophes improvisées de huit à dix vers. C'est encore,
et toujours, le Pays Basque qu'ils chantent, ses jeux, ses
antiques gloires, ses *fueros* et libertés tant aimés, avec une
grâce et une verve qui charment la foule amassée au bas
des fenêtres : les applaudissements, comme toujours,
couronnent le trait final de chaque strophe. Mais l'un
des chanteurs a aperçu notre groupe : « Tais-toi donc,
chante-t-il à son partenaire, tu bavardes et tu oublies de
saluer l'illustre M. d'Abbadie, qui passe. — C'est bien
plutôt toi qui oublies la politesse, répond l'autre, car
j'aperçois Madame d'Abbadie, sa digne compagne, et chez
nous, comme de l'autre côté des monts, il faut toujours
chanter : Honneur aux dames ! ». — *Bravo, bravo, Pello !*
crie la foule. Et nos infatigables bersolaris ont continué
jusque près de minuit, pendant que les *serenos,* enveloppés
de longs manteaux, la lanterne sourde à la main, chan-
tonnaient : *Las once y media, y nublado !*

.•.

Le lendemain lundi, à 8 heures, la *charanga* éveille les
échos de son joyeux *Euskaro casero* et parcourt les rues et
places, précédée et suivie d'une nuée de *chiquillos :* à neuf
heures est chantée à grand orchestre, en l'église paroissiale, la messe en *ré* du maëstro D. Hilarion Eslava, et
bientôt après nous voici au balcon de la *Casa Consistorial*
pour entendre les *irrintzilaris* ou *ojularis* jeter tour à tour
l'*irrintzina,* ce cri de guerre et d'appel strident, suraigu,
prolongé, des anciens Eskualdunak. Cinq concurrents,
dont deux vieillards, l'un de 70, l'autre de 81 ans, montent sur l'estrade, au milieu de la place, et lancent tour à
tour le fameux cri. Mais seuls les deux vieillards, et

surtout l'octogénaire, nous paraissent avoir conservé les notes traditionnelles ; et encore avons-nous peine à reconnaître le cri élevé, prolongé, toujours harmonieux de nos paysans de Cambo ou d'Urrugne, regagnant leurs métairies dans la montagne par un beau soir de dimanche. Un des concurrents même, un jeune il est vrai, nous paraît faire de la haute fantaisie en imitant le miaulement du chat et le cri du coucou. La tradition des *irrintzilaris* se perdrait-elle en Guipuzcoa? Madame d'Abbadie, toutefois, qui s'intéresse tout particulièrement à ce cri si original, fait donner une gratification à l'octogénaire. Le jury décerne le prix de 40 francs en or à un *casero* d'Azcoïtia, José Maria Lissaralde.

Le ciel s'assombrit, la pluie va venir, et il faut remettre àplus tard la partie de pelote au gant d'osier. Nous en profitons pour examiner tout à loisir la belle grand'salle de la mairie d'Azpeitia et les curieux écussons qui se détachent en vives couleurs sur les sombres boiseries.

Voici d'abord les armes de la famille de saint Ignace, mi-partie d'Oñaz et de Loyola : à gauche, les sept bandes de gueules sur fond d'argent concédées aux d'Oñaz par Alphonse le Justicier en 1321, à la suite de la bataille de Beotibar ; à droite, une chaudière suspendue à une longue chaine et accotée de deux loups, qui sont de Loyola.

Ce dernier écusson, si connu et qui se voit encore au-dessus de la porte de la *Casa Santa*, est le même que celui de la ville d'Azpeitia, peint tout à côté ; et comme nous demandions à ces messieurs quelques renseignements à ce propos, M. le Maire mit fort gracieusement à notre disposition un très curieux manuscrit extrait des archives du royaume, composé et écrit à Madrid en 1785 par Don Pasqual-Antonio de la Rua, avec l'attestation de

Ruiz de Naveda, *Cronista y Rey de armas de la Catolica Majestad del Señor Don Carlos Tercéro (que Dios prospere), Rey de Castilla, Leon, etc.* En tête sont admirablement peintes les Arma Yraurgui Azpeytyæ, puis un long historique où nous notons, en courant, quelques traits typiques.

Azpeitia faisait jadis partie de l'antique vallée de Yraurgui, comme Azcoitia sa voisine : elle doit sa première charte de fondation à D. Fernand IV de Castille, en 1310. Ce site portait d'abord le nom de *Garmendia*; à dater de 1311 le même roi voulut qu'il portât le nom expressif de *Salvatierra* et donna à ses habitants l'église abbatiale de Soreasu avec ses montagnes, fontaines, champs et pâturages. Il leur octroya, en outre, le *fuero* de Vitoria. Une tradition populaire raconte que, vers cette époque, pour donner un nom à chacun des deux *pueblos* déjà considérables, les habitants de la vallée se réunirent et se mirent à discuter longuement, quand vint à passer une brave femme à qui l'on demanda son avis. La paysanne, croyant qu'on voulait se moquer, répondit en montrant tour à tour les deux points extrêmes de la vallée : *Az gora eta az bera,* d'où seraient venus *Azcoitia* (au haut des rochers), *Azpeitia* (au bas des rochers).

Le grave chroniqueur, qui paraît ne connaître pas ces étymologies peut-être fantaisistes, se contente d'affirmer que jamais Azpeitia ni la vallée n'ont fait partie de l'ancien diocèse de Bayonne, comme le veut notre Oihenart. La preuve, c'est que dans la bulle de canonisation de saint Ignace de Loyola, le pape Paul IV désigne, en 1622, les prêtres Ignace et François-Xavier comme natifs du diocèse de Pampelune!

La preuve nous paraît un peu faible : déjà, en 1550, le pape Jules III, en approuvant l'institution de la Compa-

gnie de Jésus, désignait Ignace et Xavier comme natifs de
ce diocèse. Et cependant quelques années plus tard, en
1566, une partie du diocèse de Bayonne était si bien
demeurée espagnole que Philippe II, sous le spécieux
prétexte de l'invasion possible de l'hérésie protestante en
ses États, demanda et obtint du pape S. Pie V que cette
partie fût *provisoirement* rattachée aux diocèses de Pampelune et de Calahorra.

Ce provisoire devint d'ailleurs bientôt définitif, encore
qu'évêque et chanoines bayonnais n'aient cessé de pro-
tester et qu'ils aient perçu, au moins jusqu'en 1674,
quelques-unes des dîmes de Fuenterrabia.

Mais cette partie espagnole du diocèse de Bayonne
comprenait-elle, au moyen âge, et jusqu'en 1566, les
provinces de Guipuzcoa et Biscaye, comme le prétend de
Thou, cité par Oihenart (1)? Il y a sans doute là exagéra-
tion manifeste. Toutefois Oihenart lui-même est-il donc
si téméraire d'affirmer que toute la région du Guipuzcoa,
entre la Bidassoa et l'Urola, faisait partie de l'ancien diocèse de Bayonne? Il appuie son dire sur la fameuse carte
d'Arsius, évêque de Labourd vers 980, charte confirmée
dans les mêmes termes, en avril 1106, par le pape Pas-
cal II, et qui donne pour limites du diocèse en Espagne
les vallées d'Urdach et de Bastan jusqu'au Port de Velate,
la vallée de Lerin en Navarre, puis en Guipuzcoa la terre
d'Ernani et de Saint-Sébastien de Pusico jusqu'à *Sainte-
Marie de Arrosth* et *San Adrian* (2). Or, *San Adrian* est un

---

(1) De Thou. *Histoire Universelle*, édit. française de 1734 ; t. v, p. 36.

(2) *Livre d'or* de la cathédrale de Bayonne ; Archives départementales à Pau,
G. 54. On a essayé, mais sans raison sérieuse, de mettre en doute l'authenticité
de la charte d'Arsius dont ces mêmes archives possèdent une copie beaucoup plus
ancienne que celle du *Livre d'or* (G 1).

passage fameux entre le Guipuzcoa et la Biscaye, à 1340
mètres au-dessus du niveau de la mer, dépendant de
Cegama, formant un *tunnel naturel* reliant les deux provinces : y a là un antique ermitage qui a été précisément
restauré cette année, et à cette occasion le curé du lieu,
M. de Zabala, a fait à la commission historique de la province d'intéressantes communications sur la découverte
d'antiques monnaies et de grottes préhistoriques. Pour-
quoi ne pas admettre, avec Oihenart, que Santa-Maria de
Arrosth serait *Urostil* ou *Urrestila,* quartier d'Azpeitia, ou
peut-être *Arrona,* autre quartier plus en aval dans la vallée
de l'Urola et dépendant de Cestona ? D'autre part, n'est-il
pas remarquable que *Arrostéguy* veut dire, en basque
guipuzcoan, *lieu fréquenté par les étrangers et les voya-
geurs* (1) ? Le scribe d'Arsius aura voulu désigner quelque
autre passage du côté de la mer, indiquant ainsi les quatre
points extrêmes du Guipuzcoa : Hernani et Saint-Sébastien au Nord, San Adrian et Arrosth (abréviation pour
Arrostéguy) au Sud et à l'Ouest ?

Hypothèse hardie peut-être ; mais il nous serait si doux
de croire, avec le docte Oihenart et le grave de Thou,
que la patrie de saint Ignace, tout comme Fuenterrabia et
Saint-Sébastien, a jadis fait partie du diocèse de saint
Léon (2) !

Quoi qu'il en soit, la *Casa Solar* de Loyola a été le noyau
autour duquel vinrent peu à peu se grouper les habitants

---

(1) EUSKAL-ERRIA, t. II, p. 98 : *Colleccion alfabética de apellidos vascongados,*
por D. J. F. Irigoyen. ARROZTÉGUI, *Parage de forasteros ó peregrinos.*

(2) Voir Oihenart. *Notitia utriusque Vasconiæ,* édit. de 1638, pp. 172-173. —
Voir aussi, pour être impartial en ce délicat sujet, le *Compendio historial de Isasti,*
p. 188, note 2, et surtout les *Antiguedades de Cantabria,* du P. Gabriel de Henao,
tome II, p. 329. Il y a là de curieux arguments contre notre opinion, mais qui ne
nous paraissent pas décisifs.

de la vallée d'Yraurgui ; et quant aux armes de la vieille
maison seigneuriale, rien de plus poétique que leur
origine, d'après certains historiens complaisamment cités
par le manuscrit de Madrid. Un seigneur de Loyola en
guerre avec un de ses voisins l'aurait surpris endormi en
son castel, et comme jadis David coupant le manteau de
Saül, il se contenta d'emporter la chaudière et la crémail-
lère : d'où *lupus in aula* ou *lobo en olla,* et par contraction
Loyola.

Mais *Loyola* ne fut jamais latin ni castillan ; c'est du
plus pur basque, et cela signifie prosaïquement *oficina de
alfahareros* (ateliers de potiers de terre) !

L'origine de cet écu de Loyola, qui remonte au moins
au X⁰ siècle, est bien plutôt la même que celle des armes
de toutes les vieilles familles des *ricos hombres* de Navarre
et des provinces du Nord. Vassaux des rois de Navarre,
Castille et Aragon, les seigneurs portaient une chaudière
sur leur écu et se nommaient *caballeros de pendon y cal-
dera,* pour témoigner qu'ils étaient en état d'entretenir les
hommes d'armes qu'ils menaient à la croisade contre les
Maures ou aux guerres privées, si fréquentes en ces para-
ges entre petits rois et gros seigneurs. On sait d'ailleurs
la grande part que la maison de Loyola elle-même prit,
aux XIV⁰ et XV⁰ siècles, aux sanglantes luttes des *Oñecinos*
et des *Gamboanos.*

LOYOLA

Tous ces vieux échos du passé nous font désirer de
revoir la *Casa Solar* de saint Ignace ; et comme la pluie
tombe plus dru que jamais, nous allons en *cesta* visiter
Loyola.

Nous remontons l'Urola et, à travers une averse fine et méchante, nous revoyons la vallée toute bornée de hautes montagnes : à droite, les pentes raides, nues et rougeâtres de l'Izarraitz ; à gauche, l'Arauntza, l'Oñazmendi, l'Elosua, verdoyantes et boisées, cultivées presque jusqu'aux cimes.

Qu'elle était riante et gaie, cette vallée de Loyola, au matin du 1er août, quand les pèlerins venus des quatre coins de l'Espagne l'animaient de leurs chants, de leurs cris, accompagnant la procession des Azpeitians à la *Casa Santa !* En tête, à la suite de l'étendard d'Azpeitia, une douzaine d'enfants de chœur vêtus de rouge, coiffés d'une barrette rouge, portant des banderoles où étaient inscrits les principaux épisodes de la vie du saint ; puis une statue de la Sainte Vierge magnifiquement habillée et couronnée d'un riche diadème de vermeil offert par la province de Guipuzcoa ; à la suite, de nombreuses bannières des confréries et de la province, et enfin la statue d'Ignace revêtu de la chasuble, portée par quatre *caseros :* quand la statue arriva sous le péristyle, à l'entrée de l'église de Loyola, les *caseros* la retournèrent vers Azpeitia, et Azpeitia salua d'un coup de canon.

On sait que ces fêtes solennelles en l'honneur de saint Ignace et cette procession remontent à 1610, l'année même qui suivit la bulle de béatification d'Ignace : par un serment solennel prononcé en l'église paroissiale de Saint-Sébastien de Soreasu, la ville prit le nouveau saint pour patron et jura de célébrer sa fête, comme les autres fêtes de Sainte Mère Eglise, avec grand'messe, sermon et procession.

Mais ce que l'on sait moins, c'est que les Azpeitians ont fidèlement observé les moindres détails de ces fêtes comme au premier jour. En 1622, les fêtes de la canonisa-

tion d'Ignace furent merveilleuses à Azpeitia, d'après la
relation très minutieuse d'un témoin oculaire donnée par
l'*Euskal-Erria*. Pendant huit jours ce fut une série de
grandes messes en musique avec sermons, de processions
avec musiciens, danseurs et *gigantes,* nouveauté fort
goûtée, dit le narrateur, et sans doute apportée des Flan-
dres espagnoles, de cavalcades où les gentilshommes de la
vallée, revêtus de riches costumes de chevaliers castillans
et d'empereurs romains, rivalisèrent de luxe et aussi
d'adresse dans les fameuses joûtes de l'*Estafermo* (1). Il y
eut aussi des comédies, peut-être de Lope de Vega, alors
en toute sa vogue, des combats de taureaux, des illuminations et feux d'artifice sur la grande place. Enfin, le
dernier jour, une procession solennelle se rendit à la
Casa Santa : la ville y offrit un *cirio* de 130 livres à ses
armes, une grand'messe fut chantée en plein air avec
panégyrique, et dans la soirée fut jouée une *Histoire de la
Sainte Écriture,* sans doute quelqu'une de ces pastorales
basques qui ne se donnent plus guère de nos jours que
dans notre Soule (2).

Il y avait précisément à cette époque un fameux organiste d'Oyarzun, Joanes de Larrumbia, grand poète et
auteur dramatique, dont Isasti cite avec éloge le *Sacrifice
d'Abraham* et les *comedias* de *Job* et *Judith,* qui faisaient
fureur (3).

(1) Mannequin costumé en homme d'armes portant un bouclier et un sac de
sable qui se vidait sur la tête des maladroits.

(2) Euskal-Erria, tome 5, p. 133, 20 février 1882 : *Relacion de las fiestas que
hizo la N. V. de Azpeitia al glorioso patriarca san Ignacio en el año de la cano-
nizacion... por D. Juan de Goitia, administrador de la Casa de Loyola.* C'est aux
Archives de Loyola et d'Azpeitia que le R. P. de Arana a trouvé ces curieuses
relations.

(3) Isasti. *Compendio historial de Guipuzcoa,* p. 476.

Vingt ans plus tard ces fêtes ont toujours le même caractère, et c'est dans le grave recueil des *Acta Sanctorum* que, parmi de très nombreux documents relatifs à saint Ignace, nous trouvons une relation écrite en 1642 par le Père Gamboa, à la demande du général de la Compagnie de Jésus, et cette relation entre dans les moindres détails qu'on dirait écrits de nos jours : quinze mille personnes environ se pressent dans Azpeitia et les alentours : les sonneries des cloches, les illuminations *(ignibus ad fenestras perque plateas successis),* le chant des laudes annoncent la fête. Puis, suivant un ancien usage, 70 danseurs avec ceintures rouges et alpargates *(albis calceis)* exécutent avec agilité et maëstria l'*espata dantza,* agitant épées et bâtons *(armata saltatio instituitur, rudibus et gladiis batuentium).* Un marché fondé en l'honneur du nouveau patron de la ville attire la foule. Le lendemain clergé et magistrats se rendent en procession, avec les danseurs, les chanteurs et la musique, à Loyola ; et comme la petite chapelle de l'étage supérieur de la *Casa Santa* ne peut contenir cette foule, c'est en plein air qu'on a dressé l'autel adossé sous une riche tenture, à la porte d'entrée, et que se chante la messe. La statue du saint domine, tenant de sa main gauche un parchemin sur lequel est écrit le nom de Jésus (probablement le JHS). Le P. Gamboa prononce un court sermon, puis la foule se presse pour aller vénérer la *Santa Casa.* Un riche ceinturon ayant appartenu à Ignace y est déposé pendant huit jours et doit être ensuite reporté à l'église d'Azpeitia jusqu'à ce qu'on ait pu construire le collège déjà en projet et qui ne devait être commencé, on le sait, que quarante ans plus tard, en 1689. Dans l'après-midi une course de taureaux *(laurorum venatio)* et un grand banquet officiel couronnent la fête. Et le pieux jésuite s'étend longuement sur la piété des fidèles et du clergé (1).

Ce culte enthousiaste d'Azpeitia pour le plus illustre de ses fils s'était d'ailleurs propagé de bonne heure dans toute la province et en Biscaye : dès 1610 les *juntas* de Guipuzcoa tenues à Zumaya avaient proclamé Ignace patron de la province, et bientôt tout jésuite fut déclaré citoyen guipuzcoan. Les fêtes de la canonisation de 1622 furent aussi pompeuses à Tolosa et à Azcoitia qu'à Azpeitia même. A Loyola, le 22 juillet 1624, le clergé guipuzcoan adopta Ignace pour son patron tout spécial.

En 1680, aux *Juntas* de Guernica, la seigneurie de Biscaye prit aussi saint Ignace pour patron à cause de ses origines biscayenues et alavaises, car le P. Gabriel de Henao, de la Compagnie de Jésus, a doctement établi les alliances des Oñaz et Loyola avec les Licon d'Ondarroa, Balza d'Ascoitia et Guehara d'Alava.

Mais après ces triomphes vinrent les mauvais jours. Depuis soixante-dix ans se poursuivait l'exécution du plan grandiose de Fontana : l'église et l'aile droite du collège étaient achevées, l'aile gauche s'élevait à la hauteur des fenêtres du premier étage quand, le 3 avril 1767, les Pères de la Compagnie de Jésus furent brutalement expulsés de la vallée d'Yraurgui comme du reste de l'Espagne.

De courageux Guipuzcoans se firent les gardiens fidèles de la maison de saint Ignace et de ses trésors, incorporés à la couronne. D. Juan de Landa et les directeurs de la *Casa de Misericordia* d'Azcoitia s'y succédèrent jusqu'en 1795.

(1) *Acta Sanctorum*, tome 7 de juillet. Paris, Palmé, 1868. *Gloria posthuma S. Ignatii Loyolæ confessoris. Publica erga sacrarium Loyolanum veneratio*, p. 791 et suiv.

A cette époque, l'intelligent courage de D. Pedro de Larrumbide et de ses 200 miliciens, envoyés par la *Junta provincial,* sut détourner l'orage de la première invasion française et sauver le trésor dont bonne partie prit secrètement le chemin de Madrid.

Un peu plus tard, les Prémontrés d'Urdach, chassés de leur abbaye par les armées françaises, se réfugient à Loyola qu'ils occupent jusqu'en 1806. Pendant deux ans, un courageux commissaire du roi d'Espagne fait encore bonne garde. Mais en 1808 éclate la guerre de l'Indépendance, le trésor est enfoui, et un peu plus tard, en 1812, envoyé à Bilbao.

La fameuse statue d'argent de saint Ignace y fut embarquée pour Cadix, où on la reçut avec les honneurs réservés aux capitaines généraux.

De 1813 à 1816, Loyola fut transformé en hôpital militaire ; la *Casa Santa* demeura toutefois ouverte, et l'on y célébra la messe les dimanches et fêtes.

Enfin, en 1816, à la demande des Azpeitians et par ordre du roi, du 1er avril, quatre vieux jésuites, les PP. Arévalo, Sorosain, Oyarzabal et Huarte, reviennent habiter ces lieux bénis et y sont reçus, on devine avec quelle joie ! par les habitants de la vallée ; vers la fin de cette même année, la députation provinciale envoie à Loyola la statue d'Ignace rapportée de Cadix.

Durant ces cinquante dernières années, les bons Pères ont dû reprendre plus d'une fois le chemin de l'exil ; la ville d'Azpeitia a dû acheter, à beaux deniers comptants, la statue d'argent d'Ignace. mise à l'encan. La fameuse république de Prim, Serrano y Topète, n'a pas manqué d'user contre les jésuites des mêmes procédés aimables, expulsions, confiscations et le reste. En deçà comme au

delà des Pyrénées, ce sont toujours mêmes cris harmonieux et mêmes procédés de ces amants si passionnés de
la liberté, qu'en bons jacobins ils la veulent tout entière
pour eux !

Mais l'heure du triomphe a sonné... au moins pour
quelque temps : l'année 1888 a vu, après deux cents ans,
l'achèvement de l'œuvre gigantesque de Fontana et la
solennelle consécration de la superbe église de Loyola.

. .

Pendant que nous échangeons ces mille souvenirs gran-
dioses avec notre aimable compagnon de voyage, M. le
chanoine Adéma, nos rapides chevaux ont bientôt atteint
Loyola, nous tournons brusquement à gauche et traver-
sons l'Urola sur un vieux pont à arcades ogivales : nous
voici au pied du majestueux escalier.

Nous montons, nous saluons la statue d'Ignace et allons
frapper à la porte du vaste parloir. Bientôt arrive le bon
Père supérieur qui nous fait le plus gracieux accueil : il
nous permet de tout voir et nous donne pour guide un
vénérable Père qui, avec une complaisance jamais lassée,
nous promène partout.

Loyola se compose d'une vaste église ronde, avec coupole, flanquée, à droite et à gauche, de deux ailes gigantesques : au milieu de l'aile droite a été religieusement
conservée, suivant le vœu de la famille, la *Casa Solar,*
aujourd'hui la *Casa Santa,* de saint Ignace.

Nous promenons dans de vastes corridors où se déroule
la longue série de portraits de tous les généraux de l'ordre, de ses martyrs et confesseurs ; au-dessus des portes
des cellules est inscrit le nom des Pères espagnols, fran-

çais, anglais, américains : nous visitons la belle chapelle des novices, le réfectoire, et jusqu'à une haute salle où se voient encore les pupitres des délégués venus ici l'an dernier des quatre coins du monde pour l'élection du dernier général : par les hautes croisées la vue s'étend, splendide, sur Azpeitia d'un côté, de l'autre sur Azcoitia et l'entrée de la vallée. Dans chacune des deux ailes un double et monumental escalier, orné de statues et de tableaux, relie tous les étages. Entre ces ailes et en arrière de l'édifice, se voient des promenoirs avec allées ombreuses, des jardins, un vaste potager fort bien entretenus.

L'église est une merveille où l'on ne sait le plus qu'admirer, des grandes lignes de l'ensemble — qui rappellent le Panthéon d'Agrippa ou plutôt la coupole de Saint-Pierre de Rome — ou des mille détails de sculpture et d'ornementation des autels et des tribunes. Nous avions vu cette église toute rayonnante de splendeur au soir du 31 juillet, quand le Salut solennel donné par l'évêque de Vitoria s'acheva par le chant triomphal de la *Marcha de san Ignacio;* mais en la revoyant calme et silencieuse, nous avons pu apprécier mieux encore toutes ses beautés : haute coupole de marbre rose, ornée d'écussons gigantesques, éclairée de nombreuses fenêtres et portée par huit gros piliers de marbre noir ; sur les piliers, de blanches statues de saints ; derrière les piliers, un vaste pourtour avec autels de marbre ; en face de la grande porte d'entrée, le maître-autel aux mosaïques de marbre précieux, une merveille de sculpture. C'est là que se trouve la fameuse statue d'argent de saint Ignace. De grandes orgues, deux chaires, des tribunes, des grilles aux fines sculptures complètent ce bel ensemble, et partout le marbre reluit, rehaussé de minces filets d'or.

Au devant de l'église le péristyle a grand air avec sa
haute voûte, ses arcades, son triple escalier, sa statue
de saint Ignace en marbre blanc et son vaste fronton sur
lequel se détache le double écusson d'Espagne et d'Autri-
che, en mémoire de la reine Marie-Anne, veuve de Philippe IV, qui reçut Loyola des mains des descendants
d'Ignace pour le transmettre à ses fils.

Outre cet écusson royal, une belle inscription sur les
murs du collège rappelle cette donation princière :

Los excelentissimos Señores Don Luis Enriquez de
Cabrera y Doña Teresa Enriquez de Velasco, su muger,
marqueses de Alcañizas y Orópesa, dueños poseedores de
la venerable casa solar y mayorazgo de Loyola en que
nació el glorioso patriarca San Ignacio, fundador de la
Compañia de Jesus, cedieron libre y espontaneamente la
dicha casa á la serenissima Señora Doña Maria Anna de
Austria, reina madre de Hespaña, para fundar en ella
este colegio real de la Compañia, año de 1681.

Mais la merveille des merveilles, c'est la *Casa Santa*, la
maison où naquit Ignace et où il fut rapporté blessé du
siège de Pampelune, pour se convertir bientôt et courir
à d'autres et plus illustres batailles. Cette maison, pré-
cieusement conservée, suivant le vœu de la famille, au
milieu des constructions élevées tout autour depuis 1689
garde, à l'extérieur, l'aspect si original des *casas torres* de
la contrée. Au-dessus de l'ogive de la porte d'entrée, l'écu
de Loyola (la chaudière accotée de deux loups) et l'inscription suivante :

Casa solar de Loyola
aqui nacio San Ignacio en 1491
aqui visitado por San Pedro
y la Santísima Virgen
se entregó á Dios en 1521

Jusqu'à la hauteur du premier étage, la construction
est formée de larges assises de pierres grises ; au-dessus,
et jusqu'au faîte, ce sont des murs de briques avec, au-
dessous des fenêtres et du toit, des cordons en saillies
losangées. Aux quatre angles, de petites tourelles en
encorbellement.

La maison tout entière est transformée en une série de
chapelles ornées de sculptures, de marbres, de vitraux,
de tableaux et de bas-reliefs redisant tous les épisodes de
la vie d'Ignace. Entre tous ces sanctuaires, le plus édifiant
et aussi le plus curieux est celui du troisième étage,
l'ancienne chambre où le vaillant capitaine guérit de ses
blessures, lut la vie des saints et se donna à Dieu. Un
autel fort riche a été élevé à la place du lit ; de belles
lampes y brûlent constamment autour d'une précieuse
relique. Ce sanctuaire est séparé par une belle grille du
reste de la salle, et au plafond se voient de naïfs et curieux
bas-reliefs représentant saint Ignace prêchant les habitants d'Azpeitia, à son retour dans sa patrie, — saint
Ignace remettant l'étendard de la foi à saint François-
Xavier partant pour les Indes, — saint François de Borgia
aux pieds de saint Ignace.

C'est ici qu'au 31 juillet et les jours suivants les *romeros*
(pèlerins) se pressent nombreux pour vénérer le saint
bien aimé des Basques et baiser ses reliques (1).

Nous ne saurions quitter Loyola sans faire ici un aveu :
avant d'avoir longuement vu cette église et les autres
églises et chapelles de Guipuzcoa, nous partagions sans

---

(1) A ceux de nos lecteurs qui n'ont pas eu encore le bonheur de visiter ces
lieux bénis nous recommandons une excellente étude, avec plans et gravures, que
nous avons rapportée d'Azpeitia et qui fournit de précieux détails : *La Santa Casa
de Loyola*, por el P. Rafael Perez S. J. Bilbao, 1891, in-8.

réserve les préventions de nos amis de France à l'endroit
de l'art espagnol ; volontiers nous aurions parlé du pré-
tendu mauvais goût des architectes, décorateurs, peintres
et sculpteurs d'au delà les monts, construisant des édifices
sombres, sans fenêtres, ressemblant à l'extérieur à des
forteresses, surchargés à l'intérieur de retables immenses,
de statues sans nombre, de dorures à profusion. Volontiers nous proclamions que nos églises de France, large-
ment éclairées, de formes extérieures plus élégantes,
d'ornementation plus sobre à l'intérieur, l'emportent au
point de vue artistique. Après examen, nous sommes
obligé de confesser que les églises de Guipuzcoa que nous
avons pu voir — de Fontarabie à Saint-Sébastien et de
Zumarraga à Zumaya et à Usurbil — sont de vrais musées
étalant des merveilles, non pour le vain plaisir des yeux,
mais pour l'enseignement des fidèles. Pas une où une
vieille peinture sur bois, un *Ecce Homo*, une Sainte
Famille, un Crucifiement, une *Mater Dolorosa*, n'attire et
ne retienne le regard. Tel retable, à Irun, à Zumaya, à
Azpeitia, retrace la vie tout entière des saints et des
saintes les plus illustres. Et combien ces sculptures, pour
qui sait les regarder, sont vivantes, expressives! C'est le
catéchisme et la vie des saints par les yeux. Pour le com-
prendre, il faut avoir vu les plus humbles filles du peuple
et les enfants les contempler.

Chez nous, au contraire, grâce au triple vandalisme
des classiques des deux derniers siècles, des tristes héros
de 93 et des prétendus restaurateurs, amateurs ou officiels,
de nos jours, quels barbarismes et quelles pauvretés en
nos églises et même en nos cathédrales ! Sans doute on a
fait des peintures murales, quelques-unes très belles, à
Notre-Dame de Bayonne par exemple ; on a élevé de gra-

cieux autels, on a copié plus ou moins heureusement de vieux vitraux... Mais tout cela est vraiment trop savant, trop *exquis* pour la foule qui, faute de mieux, surcharge parfois les autels de médiocres statues et de bouquets de fleurs artificielles ! Quelle différence avec l'art expressif et religieux avant tout, tel que l'avaient conçu et réalisé nos maîtres ès-œuvres du moyen âge, tel que nous l'avons vu, vivant encore, en Guipuzcoa !

LES DERNIERS JEUX. — ESPATADANTZARIS PILOTARIS ET CHISTULARIS

Mais le ciel s'est éclairci, un faible rayon de soleil perce la nue ; il est plus que temps de nous arracher à ces lieux bénis où le grand cœur d'Ignace se donna pour jamais à son Divin Maître, et où ses fils mille fois chassés et toujours rappelés gardent si pieusement son culte et ses immortelles constitutions ; il nous faut dire adieu à la *Santa Casa* et regagner Azpeitia.

La fanfare y fait retentir un joyeux passe-rue et nous appelle au balcon de la *Casa de l'Ayuntamiento,* où nous retrouvons l'infatigable M. d'Abbadie, Mme d'Abbadie, M. le curé d'Azpeitia, les membres de la commission, entourant l'alcalde. Sur la place, la foule attend, anxieuse, les danseurs de Berris, *anteiglisia* de Biscaye près Durango, dont on dit merveille. Les voici qui s'avancent vers l'estrade, d'un pas vif, marqué par deux *tamborileros* jouant à ravir la *flauta,* le *tlunttun* et le tambour.

Ils sont huit, et à leur tête marche le fils d'un vaillant colonel carliste, Bengoitia, tenant en main l'épée de son

3

père : tous les huit sont d'ailleurs armés d'une épée et d'un bâton ou plutôt d'une massue. Leur costume est à la fois très simple et très élégant : veste noire sur l'épaule, chemise et pantalon blancs, espadrilles blanches, béret et ceinture rouges,·au bas des jambes quelques grelots. Le dernier des huit porte la *bandera* de Biscaye, qu'il brandit tout d'abord en faisant le moulinet sur la tête de ses com-pagnons inclinés, puis le drapeau est confié à l'un des alguazils d'Azpeitia.

L'*espata dantza* commence aussitôt : vestes, épées et massues sont déposées à terre ; sur un air de plus en plus vif et cadencé, les huit sautent, pirouettent, se croisent, s'entre-croisent avec une légèreté, une grâce et un ensem-ble parfaits ; après quoi chacun des danseurs exécute des solos, puis deux par deux, quatre par quatre, les huit pirouettent, lancent en l'air leur jambe gauche, se retour-nent avec une adresse et surtout une mesure étonnantes.

A ce prélude succède un double assaut d'abord à l'épée, puis à la massue, et les coups vigoureux retentissent, marquant le pas.

Cette danse des épées est de la plus haute originalité et probablement très ancienne dans les trois provinces. D'aucuns la font remonter à *las navas* de Tolosa ou à la bataille de Beotibar en 1321. On nous dit cependant que les jeunes gens de Marquina et surtout ceux de Zumarraga y ajoutent quelques pas et des figures plus remarquables encore (1).

(1) Ces *danzas de espadas* étaient d'ailleurs pratiquées jadis dans toute l'Espagne. Qui ne se rappelle ce fameux épisode de *las bodas de Camacho*, où vingt-quatre jeunes gens de bonne mine, tous vêtus de fine toile blanche, montrèrent tant de grâce et d'adresse dans leurs évolutions que le vaillant chevalier de la Triste Figure avoua n'avoir rien vu de plus beau ? (Don Quijote, IIᵉ partie, chap. xx).

Le *zortzico,* tout aussi classique dans les provinces et en Navarre, est ensuite dansé et se compose de deux parties bien distinctes. Tout d'abord les huit se promènent lentement, se tenant par la main aux accords d'une marche solennelle. Puis le chef de file — l'*aurescu* — et le dernier des danseurs — l'*atzescu* — exécutent des solos de sauts et de pirouettes, reprenant toujours la main de leur voisin. La promenade et les solos achevés, deux des danseurs descendent de l'estrade et vont, le béret à la main, inviter une jeune fille de l'assistance qui vient se placer, droite, immobile, les yeux baissés, au milieu des danseurs ; les huit exécutent autour d'elle un pas joyeux et vif ; la jeune fille tend à l'*aurescu* son mouchoir de sa main droite et de sa main gauche prend le mouchoir du deuxième danseur ; la promenade lente et solennelle recommence autour de l'estrade ; au deuxième tour l'*atzescu* envoie quérir une deuxième danseuse, puis six jeunes filles montent à leur tour. Et alors les *tamborileros,* changeant brusquement de rhythme et marquant un pas de danse, les huit jeunes gens et les huit jeunes filles se faisant vis-à-vis deux par deux, lèvent leurs bras en cadence et exécutent la *jota vascongada,* beaucoup plus modeste, plus grave, plus gracieuse aussi en sa noble simplicité, que la *jota aragonesa.*

Cette deuxième partie du *zortziko* est évidemment de date plus récente que la première. Tous les assistants et aussi les graves personnages du balcon de la *Casa Consistorial* applaudissent, et les huit viennent recevoir le prix de 200 pesetas offert par la ville d'Azpeitia.

Par malheur, la pluie recommence et oblige de renvoyer encore la partie de pelote au blaid avec gants, si impatiemment attendue.

La foule se disperse, les gens graves et aussi jeunes

gens et jeunes filles font les cent pas sous les arcades, les
cidrerias retentissent de chants joyeux et, au balcon de la
posada, les *bersolaris,* toujours infatigables et toujours
féconds, improvisent *coplas y versos.*

* *

Dans la soirée, un concert vocal et instrumental est
donné dans une vaste salle d'école, au deuxième étage de
la *Casa Consistorial.* La plus aimable société d'Azpeitia est
accourue, avide d'entendre encore d'excellente musique
et d'acclamer M. d'Abbadie.

Et pendant que violons, piano et bassons s'accordent,
nous jetons un coup d'œil sur les murs de l'école qui nous
rappellent trop, hélas ! que nous sommes loin des écoles
officielles de notre France actuelle. Ici le Crucifix brille à
la place d'honneur, au mur sont appendus des extraits de
l'Écriture sainte ; nous sommes bien dans la catholique
Espagne et au pays de saint Ignace !

L'ouverture de *Si j'étais Roi!* est supérieurement exécu-
tée par piano et harmonium, après quoi l'orchestre, très
bien conduit, exécute à ravir une excellente symphonie,
Preludio del Anillo de hierro, de Marqués.

Et enfin basses, barytons, ténors et soprani attaquent
et exécutent avec âme et ensemble un chant triomphal
en l'honneur de M. Antoine d'Abbadie, *Bizi-bitez Euskara
ta Euskaldunak!* (Vive l'Escuara ! Vivent les Escualdu-
naks !).

Nous nous faisons un doux devoir de donner ci-après
ce beau chant, dont les vers sont du P. José Ignacio de
Arana, un des meilleurs poètes basques, et la musique de
D. Torribio Eleizgaray, le maëstro émérite et l'organiste

distingué dont nous avions goûté la veille et le matin les mélodies (1).

Tous les assistants, est il besoin de le dire ? acclament, à la suite des chanteurs, M. Antoine d'Abbadie.

⁎

Les premières heures du mardi, troisième et dernier jour de ces fêtes, sont pluvieuses et sombres ; un orage a éclaté dans la nuit, et un moment la grêle a menacé les beaux maïs et les riches vergers de la vallée.

Et toutefois le marché ordinaire du mardi a attiré aux abords de la grande place une foule de paysannes coiffées de blancs mouchoirs, étalant des fruits et des légumes plantureux. Parmi ces paysannes de tout âge, que de gracieux visages et quels regards à la fois vifs et modestes ! Quels vaillants jeunes gens au regard calme et fier, aux allures décidées ! On nous avait bien dit que la vallée de Loyola est justement renommée par la beauté grave et digne de ses femmes et l'élégante vigueur de ses *paisanos* !

Et quelle politesse de race ! Ici pas de cris, pas de disputes malsonnantes, comme en certaines halles de nos grandes villes. On se presse un peu, on se bouscule à peine, les flâneurs et aussi les acheteurs ont quelque peine à se frayer passage ; mais tout se passe avec calme et courtoisie.

Dans les rues les boutiques sont ouvertes aux premières heures : ici une *cidreria* toute proprette, plus loin un métier de tisserand, près de l'église un atelier de sculpteur sur bois où l'on travaille à un très bel autel à colonnes corinthiennes. C'est une famille qui offre cet autel à

(1) Voyez l'*Appendice*.

une église du voisinage. Tout sculpté, mis en place et
doré, il coûtera 20 à 22,000 réaux, 4 à 5,000 fr. Le ferait-on
en France pour 10,000 livres ?

Dans la rue, un vieil aveugle de Castille chante ou plutôt
nasille, en s'accompagnant de la guitare, une *seguidilla* de
circonstance :

> *Vamos al fronton,*
> *Vamos sin tardar,*
> *Que los pelotaris*
> *En la cancha estan.*

> *— Porque es mi ilusion*
> *Ver á un jugador,*
> *Volver la pelota*
> *Con fuerza otra vez.*

Ce jour-là, troisième après la fête de la Nativité, il y a
encore grand'messe à l'église paroissiale, avec chœur et
orchestre. C'est une œuvre de Secanilla, maître de chapelle très goûté dans la province, que donne la maîtrise,
et à la suite elle chante la fameuse *Marcha de San Ignacio*,
si populaire en Guipuzcoa et dans tout le Pays Basque
espagnol. Cette marche aux notes vives, entraînantes,
chantée avec âme, accompagnée par un excellent orchestre et les grandes orgues, est d'un effet splendide sous les
voûtes de cette belle église d'Azpeitia. C'est bien le cri de
foi de ces vrais fils de saint Ignace (1) !

Vers dix heures, une éclaircie se produit ; la commission en profite pour donner, sur la grande place de

(1) Voir à l'*Appendice* la *Marcha de San Ignacio*.

l'*Ayuntamiento,* la course des *cruches.* Une dizaine de jeunes
filles s'étaient exercées depuis huit jours, mais trois seulement se présentent sur la place déjà pleine de spectateurs formant de deux côtés une longue haie. Ce n'est
pas, comme en Labourd, une cruche de grès que portent
sur la tête ces jeunes filles, mais le *sullo* ou *rada* du pays,
seau de bois cerclé de fer, en forme de cône tronqué. Au
signal donné, elles partent ensemble d'un pas vif et leste ;
elles parcourent trois fois la place, de la *Casa Consistorial*
à l'Urola, prenant à chaque tour une branche d'arbre
qu'elles doivent rapporter au point de départ ; mais la
plus jeune, Maria Arocena, a bientôt distancé de beaucoup ses compagnes et gagne le premier prix. Elle a 14
ans et demi, et il faut voir l'enthousiasme de ces jeunes
filles et leurs grands yeux quand, toutes rouges d'émo-
tion, les trois viennent recevoir, à la *Casa Consistorial,* les
louis d'or : 50 fr. à la première, 30 à la seconde, Inès
Olarte, 10 à la troisième, Francisca Orbegozo.

Le soleil boude toujours, mais il ne pleut pas ; tout le
monde court à la place du jeu de paume au blaid pour
voir enfin la partie si impatiemment attendue. C'est une
grande et belle esplanade tout nouvellement construite,
car l'ancienne place à la longue *(al largo),* à côté de
l'église, a été délaissée et transformée en jardin public.
Les goûts changent en Guipuzcoa comme ailleurs, paraît-
il, et le blaid fait actuellement fureur.

Très bien installée, d'ailleurs, la nouvelle place : sur
deux des côtés, deux murs perpendiculaires de 6 à 8
mètres de haut, l'un des murs sert de but, l'autre de
contre-but ; des deux autres côtés sont élevés des gradins.
M. d'Abbadie, les membres de l'*Ayuntamiento* et de la
commission des fêtes se placent au premier rang.

Au devant du banc d'honneur les trois juges sont assis à cinq ou six mètres l'un de l'autre ; un petit bonhomme, à la mine éveillée, se tient au pied du but, prêt à marquer les points sur un double cadran, rouge pour Azpei tia, noir pour Saïnt-Sébastien.

Quatre jeunes *pilotaris* sont déjà sur la place, prêts à la lutte : Luis et Vicente Eceiza Marduras, deux frères d'Azpeitia, contre Juan Arru, *el Frances*, et Ricardo Viquendi, *el Zurdo*, de Saint-Sébastien.

Mais avant la partie M. d'Abbadie fait lire, suivant l'usage, la pièce de vers qui a remporté le premier prix, le makhila d'honneur : *Ama baten olsa seaskaren ondoan* (chant d'une mère auprès du berceau). M. Guillermo Iguaran, d'Irun, lit d'une voix émue et sympathique ces vers harmonieux et délicats, et tout le monde applaudit le nom de l'aimable poète : D. Francisco Lopez Alen, de Saint-Sébastien.

On acclame aussi le deuxième lauréat, M. Felipe Casal Otegui, qui a obtenu le deuxième prix, une *once* d'or (80 francs), pour son charmant *Ama Euskara eta bere umiak* (la langue basque et ses fils). M. Otegui est aussi de l'heu reuse ville de Saint-Sébastien, fertile en poètes et en artistes (1).

La partie de blaid commence, et 6 à 8 points se succèdent, chaudement disputés ; lancée par ces longs gants d'osier, la balle blanche bondit avec une merveilleuse élasticité ; mais plus merveilleuse encore est l'adresse de ces beaux jeunes gens, élégants et souples ; la balle est changée presque à chaque point, et ce sont

---

(1) Voir, à l'*Appendice*, ces deux belles pièces et le chant enthousiaste *Gauden Eskualdun (Restons Basques !)* spécialement composé par notre ami *Zalduby* pour les fêtes d'Azpeitia.

les perdants qui acceptent la nouvelle. Mais vers midi la pluie, une pluie *á cantaros,* comme on dit là-bas, vient brusquement interrompre les joueurs, et tout le monde déguerpit.

Dans l'après-midi la partie est reprise à 40 points. Les *pilotaris* de Saint-Sébastien l'emportent enfin ; mais la victoire leur a été chaudement disputée, car les champions d'Azpeitia les ont suivis de près et ont fait 35 points.

Viquendi y el Frances reçoivent les 400 francs ; en outre ce dernier, *el Frances,* reçoit le prix de 100 francs réservé au meilleur des quatre joueurs.

.•.

Les spectateurs reviennent, en faisant mille commentaires sur les *pilotaris,* à la grande place et au balcon de l'*Ayuntamiento,* pour entendre les *tamborileros* et *chistularis,* Galo Iriarte, d'Oñate, et Martin Elola, de Zumarraga : ces artistes, soutenus par l'habile *tamborilero* d'Azpeitia, Gregorio Larralde, ont si bien joué les airs les plus connus et les plus aimés, si bien soufflé dans leurs flûtes et exécuté de si prestigieux roulements de baguettes avec leurs tambours, que le jury a dû partager le prix de 50 francs, devant une foule enthousiasmée de paysans accourus des environs et des vallées voisines pour disputer, eux aussi, le prix au concours des vaches laitières.

.•.

Le spectacle de cette vaste place de la *Casa Consistorial,* transformée en marché, était à ce moment des plus curieux à contempler : devant leurs belles vaches docilement ran-

gées en file, les braves paysans s'agitaient, l'un faisant le
moulinet avec son *makhila,* l'autre expliquant doctement
et avec une mimique expressive, toutes les qualités d'une
bonne et riche laitière ; un autre rappelait telle belle vache
de son étable, primée en maint concours, et qui jamais,
jamais ! n'eut sa pareille. Et chacun de tirer à soi les
membres du jury pour leur faire voir, admirer et palper
sa belle vache laitière ; les noms de ces braves, aussi harmonieux que ceux des guerriers de l'Iliade, sont à noter
ici, avec leur saveur toute locale : on voyait là José
Ignacio Olaizola, Martin Zavaleta, José Maria Ecenarro,
Florentino Arzuaga, Eugenio Iturralde, José Maria Arizti,
Miguel Ignacio Echeberria, Juan Ignacio Arregui, José
Ignacio Albezuri, José Maria Altuna, José Francisco Echa-
niz, tous *vecinos* d'Azpeitia ; José Ignacio Garate, d'Azcoitia ; Juan Francisco Otaño et José Iturriza, de Beizama ;
José Severo Urdapilleta, de Vidania.

Enfin, le silence se fait, le jury prononce : Florentino
Arzuaga, du *caserio* d'*Orendandi* d'Azpeitia, reçoit la prime
de 100 pesetas d'or offerte par la ville.

* *

Le soir de ce dernier jour, et pour couronner dignement
ces belles fêtes, le Cercle catholique d'Azpeitia nous con-
viait à entendre une deuxième fois et ses excellents musiciens et ses chanteurs et amateurs *di primo cartello.* Dames
et demoiselles garnissaient, comme l'avant-veille, la belle
salle du Cercle : violons, piano, contre-basse, violoncelle
et bassons s'entendent à qui mieux mieux, et les acteurs
de bonne volonté ont joué une fine comédie *(Tipos Navar-
ros).* Eh ! eh ! ces braves gens d'Azpeitia savent rire dou-

cement des autres provinciaux ! Dimanche, on raillait les
Andalous ; ce soir on se moque des Navarrais. Mais à
Pampelune et à Séville on a sans doute bon caractère.

Comme dimanche, la soirée s'est terminée par le chant
majestueux du *Guernicaco Arbola*.

D'AZPEITIA A HENDAYE

Le lendemain matin, Monsieur le Maire et Messieurs les
Membres de la Commission des fêtes accompagnaient
jusqu'à la sortie d'Azpeitia M. et Mme d'Abbadie, escortés
de la fanfare jouant un brillant *zortzico* et d'une foule
d'aimables gamins jetant en l'air leurs bérets aux cris
mille fois répétés de : *Viva, viva Don Antonio Abbadia!*

Nous quittions, de notre côté, non sans regret, nos amis
et cette charmante vallée, et ce retour nous réservait
encore d'aimables surprises.

Ces Messieurs nous avaient tant vanté les beautés de la
route par Zumaya et la côte jusqu'à Saint-Sébastien, que
nous étions tout d'abord tentés de prendre place sur la
Vascongada, diligence élégante qui se prélassait devant la
fonda, prête à reprendre son service quotidien sur cette
route ; mais en diligence, même du haut d'une banquette,
on ne peut tout voir à loisir, on ne peut surtout s'arrêter
quand il en prend fantaisie.

Nous disons donc un dernier adieu à l'excellente *Fonda
de Arteche,* dont nous recommandons à nos amis de France
le bon accueil, le chocolat parfumé, le solide *puchero,* le
cidre mousseux et le généreux vin de Navarre ; et au lieu
d'aller remonter prosaïquement dans le train à Zumarraga, nous prenons avec M. le chanoine Adéma une *cesta*

légère, admirablement enlevée par deux fringants petits
chevaux, pour descendre la vallée de l'Urola.

Au sortir d'Azpeitia la vallée se resserre brusquement
et offre tout d'abord le même aspect que la gorge de
Zumarraga à Azcoitia. A droite et à gauche de hautes
montagnes, de loin en loin de grandes et belles maisons
au toit à deux eaux, toutes ouvertes dans le haut, de
nombreux enfants pieds nus, aux grands yeux effarés,
sur le pas des portes ; partout de vastes champs de maïs,
de nombreux vergers surchargés de fruits, de pommes
surtout, des bois de chênes et de châtaigniers escaladant
les cimes. La pluie tombe encore et quelques nuages gris
s'accrochent aux flancs des montagnes. Mais bientôt le
ciel se découvre, le soleil luit, les bains de Cestona (le
Balaruc de la province) nous apparaissent sur la rive
gauche de l'Urola, et quelques cent mètres plus loin le
gros bourg avec sa belle église renaissance. Le rétable du
grand autel de Cestona est surtout remarquable.

Au delà, et après quelques gracieux méandres de
l'Urola, dont le cours devient de plus en plus large et pai-
sible, la vallée s'élargit, la mer apparaît dans le lointain
et, au bout d'une large chaussée, la petite baie de Zumaya
où sont ancrés quelques goëlettes, chasse-marée et *lan-
chas ;* à gauche, et dominant la baie, est l'église posée sur
une petite hauteur et entourée de vieilles et curieuses
maisons.

Cette église se compose d'une seule voûte à nervures
élégantes, du xvie siècle : le rétable du maître-autel a de
curieuses sculptures retraçant la vie de saint Pierre, le
patron du lieu ; dans la sacristie, un intéressant tableau
sur bois représente des caravelles avec des croix sur le
plat-bord. Serait-ce un souvenir de Lépante ou tout au

moins des courses d'outre-mer ? En tout cas l'église de
Zumaya a longtemps appartenu à l'abbaye de Roncevaux,
et ce n'est qu'au xviiᵉ siècle que le pape Innocent X
l'autorisa à se racheter de cette obédience moyennant une
remise de 900 ducats d'or à l'abbé et aux chanoines (1).

La route traverse l'Urola, presque à son embouchure,
sur un long et beau pont de fer et, contournant la baie,
court le long de la côte au pied des falaises, à cinq ou six
mètres au-dessus de la mer. La vue ici, ou plutôt le pano-
rama, est splendide : derrière nous les montagnes de
Biscaye, dont les gracieuses silhouettes se détachent en
bleu vif sur le ciel pâle ; à notre gauche, les flots bleus à
peine agités par une douce brise ; à droite, les falaises
tantôt verdoyantes, tantôt formées de roches menaçantes
ou plissées comme les feuilles de gigantesques in-folios.
Deux traînières, toutes voiles au vent, ont le cap sur la
baie de Zumaya.

.

A l'un des mille détours de cette route aussi pittoresque, mais beaucoup plus étendue que la côte des Basques
à Biarritz, Guetaria nous apparaît avec sa sombre église,
ses vieux remparts à demi écroulés, son île de San Anton,
vrai nid d'aigle, ou plutôt *atalaya* célèbre dans les fastes
maritimes du golfe cantabrique : comme Fuenterrabia et
Biarritz, Guetaria porte une baleine en ses armes, et les
érudits de la province soutiennent que son nom vient du
basque *quea-erriyá,* fumée épaisse allumée sur cette hauteur pour le *guet des baleines.* Les pêcheurs ne vont plus

(1) P. de Gorosabel. *Diction. de Guipuzcoa.* Tolosa, 1862, p. 665.

depuis longtemps à la poursuite du terrible cétacé ; mais nombreuses sont les barques qui, en face du port, tachent la mer bleue de petits points noirs.

Malheureusement le temps nous presse, et nous ne pouvons aller saluer la tombe d'un des plus héroïques enfants de Guetaria, Elcano, le grand navigateur qui accompagna Magellan aux Philippines, et, plus heureux que son amiral, put ramener en Europe la dernière des cinq caravelles, la *Vitoria*. Sur la tombe se lit la fameuse inscription : *Primus circumdedisti me,* et sur la jetée se dresse la fière statue du navigateur indiquant de son bras droit la route des Indes.

Au delà de Guetaria la route se détourne des bords de la mer et nous atteignons Zarauz, ville fort ancienne, dont l'église a des autels curieux avec triptyques couverts de vieilles peintures du xv° siècle : il y a aussi quelques *casas torres* du plus haut intérêt, et entr'autres la magnifique *Torre lucea* (torre larga) du plus pur style hispano-mauresque. De l'ancien port de mer qui vit sortir tant de puissantes caravelles, entr'autres la *Vitoria* d'Elcano, rien plus n'est resté qu'une très belle plage de bains de mer.

Mais les villas modernes abondent, car, avant Saint-Sébastien, Zarauz fut, il y a quelque trente ans, la résidence balnéaire à la mode : on sait que la reine Isabelle y était en villégiature quand éclata *la gloriosa de setiembre* de 1869.

La route s'éloigne de plus en plus de la mer et gravit une gorge pittoresque où les pommiers et les châtaigniers plient littéralement sous le poids des fruits. Tout au haut nous tournons brusquement à gauche et, par des lacets fort bien tracés, nous descendons à Orio, petit port de mer aux barques nombreuses. Ici encore un beau pont battant neuf unit les deux rives de l'Oria, et tout à côté se dressent les remblais du chemin de fer à voie étroite qui doit relier Saint-Sébastien à tous les petits ports de la côte cantabrique.

L'église d'Orio se dresse brusquement devant nous, vraie forteresse au bout d'un long escalier. Huit ou dix gamins, aux yeux pétillants de malice, y font une acharnée partie de blaid contre le mur du porche, et criblent de coups de pelote l'inscription si fréquente en Guipuzcoa : *Se prohibe jugar á la pelota bajo la multa de dos pesetas.* Mais les alguazils ont été promener dans la *huerta* !

La route remonte le cours de l'Oria et gravit des pentes très pittoresques, mais très raides, séparée désormais de la mer par de hautes collines. A nos pieds, de riants vallons couverts de bois touffus, de vergers surchargés de fruits, de pommes surtout. Le cidre se vendra bon marché cette année ! Le *carro* de pommes vaut 8 à 10 pesetas, et certains *manzanales* en ont 600. Les *cuvas* vont faire défaut, et, en attendant, des fillettes, pieds nus, les cheveux embroussaillés, les yeux rieurs, courent après la voiture, offrant fleurs sauvages et pommes rouges.

Les champs de maïs sont aussi fort beaux ; de loin en loin, des *caserios* gracieusement perchés au flanc des collines. Tout ce pays nous rappelle, à s'y méprendre, certains coins de nos campagnes du Labourd. Au delà se dressent les montagnes de Tolosa, doucement empourprées des feux du soleil couchant.

Car la nuit approche à grands pas, et c'est à peine si nous pouvons jeter un coup d'œil sur la belle église d'Usurbil, de style gothique, dont le clocher renaissance est un bijou. Près de l'église est un très beau *palacio,* la *Casa solar de Saroe.*

. .

Au delà d'Ursubil, les *caserios* et grandes maisons de maître se font plus nombreuses. A droite nous apercevons Zubieta. C'est là qu'au lendemain du 31 août 1813, et pendant que Saint-Sébastien s'abîmait dans les flammes, les courageux membres de l'*Ayunlamiento* et quelques habitants de la malheureuse capitale du Guipuzcoa se réunissaient dans la *Casa solar de Aizpurua* qui porte l'éloquente inscription suivante :

LA GUERRA ASOLÓ A SAN SEBASTIAN
EL PATRIOTISMO DE SUS EDILES
AQUI CONGREGADOS
LA LEVANTÓ DE SUS RUINAS.
¡ BENDITOS LOS HIJOS QUE SALVAN A SU MADRE ! [1]

Enfin, après une dernière montée, nous apparaissent le quartier de *Antiguo,* sa nouvelle église, le palais de 'Miramar, la baie et la ville de Saint-Sébastien ; dans la rade se balance le croiseur de guerre *El Conde de Venadito.*

Le soleil a disparu à l'horizon ; c'est à peine si nous pouvons reconnaître au passage les landaus de la cour ramenant la reine d'une promenade et escortés seulement de deux carabineros.

Et le train du soir nous ramène rapidement à Hendaye, où une mortelle halte de deux heures nous permet de

[1] EUSKAL-ERRIA. Tome v, p. 238.

songer longuement aux charmes de cette belle vallée
d'Azpeitia et de cette route si pittoresque de Zumaya à
Saint-Sébastien.

* *

Mais à ces regrets se mêlait un vif sentiment de recon-
naissance, et, comme les *muchachos* d'Azpeitia, nous redi-
sions de tout cœur : *Viva, viva Don Antonio Abbadia !* Vivent
aussi nos amis d'Azpeitia dont le gracieux accueil et
l'exquise politesse nous ont vraiment séduit. Puisse le
vénéré président de l'Institut de France donner longtemps encore ces belles fêtes euskariennes qui ravivent
au cœur des Basques et de leurs amis l'amour et le culte
des plus nobles traditions ! Puissent aussi les heureux
habitants du pays de saint Ignace conserver toujours vifs
et purs leur foi de chrétien et leur patriotisme de vrais
Eskualdunaks !

Comme nous achevions de revoir ces souvenirs de notre
excursion, l'excellent *Fuerista* de Saint-Sébastien nous
apporte un écho tout chrétien, et d'autant plus goûté, de
cette excellente petite ville d'Azpeitia : la célébration de
la fête de saint François d'Assise par les tertiaires.

La veille de ce grand jour, le portique du couvent de
Sainte-Claire et les maisons voisines étaient brillamment
illuminés, et de nombreuses fusées annonçaient la fête
du lendemain.

4

Le mercredi, 4 octobre, dès le matin, les tertiaires se pressaient nombreux, dès les premières heures, dans la chapelle, pour y recevoir le Pain des anges.

A 10 heures, la maîtrise de l'église paroissiale a chanté en cette chapelle, splendidement illuminée, la messe solennelle, et un fils de saint Ignace, le Père Venancio Minteguiaga, a fait un éloquent panégyrique du Patriarche Séraphique, disant son angélique pureté, son enthousiaste amour de la pauvreté, son humilité profonde, toutes vertus qui doivent exciter l'émulation de tous ses fils et des tertiaires en particulier, en un siècle enivré de sensualisme et d'orgueil. Dans l'après-midi, il y a eu complies, rosaire et vénération des reliques du saint.

Le soir enfin, la cour et l'entrée du couvent et toutes les maisons voisines, illuminées *à giorno*, étincelaient dans la nuit, et les eaux bleues de l'Urola reflétaient ces mille feux, pendant que *cohetes y bombas* éclataient à l'envi, à la grande joie des fidèles du saint Patriarche d'Assise.

Honneur, encore une fois, à ces excellents chrétiens d'Azpeitia. En dignes fils d'Ignace, ils savent saluer l'un de ses plus illustres prédécesseurs, François d'Assise, et s'inspirer des exemples de ces deux grands saints.

Comment Dieu ne bénirait-il pas ce pays privilégié où hommes et femmes, sans distinction, arborent si fièrement et si fidèlement l'étendard de la Croix !

CHARLES BERNADOU.

JUGES NOMMÉS POUR LES DIVERS CONCOURS

Pour les *lasterkaris* (coureurs) :

D. Benito Benito ;   D. José Maria Loinaz.
D. Felipe Belamendia ;   —

Pour la partie de blaid à main nue :

D. José Gazteri ;   D. Benito Benito.
D. Lino Benito ;   —

Pour les *bersolaris* (poètes improvisateurs) :

D. Resurreccion Azcue ;   D. Angel Antonio Arrese.
D. Domingo Aguirre ;   —

Pour les *ojularis* (cri de l'*irrintzina*) :

D. Raimundo Orbegozo ;   D. José Maria Loinaz.
D. José Antonio Lasa ;   —

Pour les danseurs :

D. Nicolas Astiasaran (1).

Pour la course des *lasterkaris con radas* (jeunes filles portant des cruches) :

D. Ignacio Abalia ;   D. Baltasar Barrena.
D. José Maria Aizpuru ;   —

Pour la partie de blaid avec gants :

D. Anastasio Beloqui ;   D. Feliz Uranga.
D. Julian Ortiz ;   —

Pour les *chistularis* :

D. Toribio Eleizgaray ;   D. Ignacio Velaustegui.
D. Gaspar Besga ;   —

Pour les vaches laitières du pays :

D. Nicolas Astiasaran ;   D. N. Barrena.
D. José Ignacio Arrieta ;   —

(1) Un seul juge fut nommé pour ce concours, parce que seuls les danseurs de Berris se présentèrent et n'eurent pas de concurrents.

APPENDICE

Nous ne saurions donner de plus harmonieux couronnement aux pages qui précèdent que les chants et les poésies basques exécutés et lus à Azpeitia durant ces fêtes : la *Marche de Saint Ignace*, le *Guernicaco Arbola*, les poèmes couronnés, la *Dedicatoria* à M. Antoine d'Abbadie, et enfin un chant spécialement composé par un poète basque labourdin, Zalduby.

M. le chanoine Adéma a bien voulu nous donner une traduction à la fois élégante et fidèle de toutes ces pièces, et quel meilleur traducteur que le poète Zalduby pour tous ces chants célébrant à l'envi les gloires et les beautés du Pays Basque !

Mais deux de ces pièces — la *Marche de Saint Ignace* et le *Guernicaco Arbola* — résument si merveilleusement les sentiments de foi et de patriotisme des Basques de la province qui a eu l'insigne honneur de donner le jour à Ignace, à Elcano, à Yparraguirre, le grand saint, l'audacieux navigateur, le poète inspiré, que nos lecteurs liront sans doute avec plaisir quelques détails à ce propos.

L'air martial sur lequel se chante le cantique à allure guerrière en l'honneur de saint Ignace fut, nous dit-on, composé au siècle dernier par un marin basque. D'aucuns prétendent que cet air est plus ancien qu'Ignace lui-même, et que les marins de Guetaria et du Passage le chantaient bien longtemps auparavant, peut-être même aux temps héroïques où marins basques et marins gascons se livraient à de furieux combats, qui pour le roi de Castille, qui pour le roi d'Angleterre.

Et en effet, l'entrée martiale de cette marche, les reprises par le chœur, puis le chant précipité comme une charge de cavalerie, enfin le cri triomphal qui le termine, tout ici a un accent belliqueux.

Mais les marins basques du siècle dernier, plus paisibles, quoique tout aussi vaillants, ne virent sans doute, en ce rhythme guerrier, qu'un harmonieux écho de la fameuse méditation des *Exercices spirituels* de leur patron bien-aimé sur *les deux étendards ;* ils ramaient avec entrain en invoquant le grand Ignace contre Beelzébuth et ses suppôts.

Quel fut le texte primitif? On ne sait à ce propos rien de certain.

Le texte basque actuel, en trois parties, tel qu'il se chante en Guipuzcoa, est l'œuvre d'un prêtre de Hernani, D. Agustin de Iturriaga. Né en 1778 et mort à Hernani même en 1851, Iturriaga était un bascophile et un poète distingué qui a laissé un précieux recueil de ses poésies ; c'est vers le commencement du siècle qu'il composa la *Marcha de San Ignacio.*

Le P. José-Ignacio de Arana, poète basque bien connu par delà les monts, a fait en espagnol une traduction libre et poétique du texte basque d'Iturriaga, et l'a publié pour la première fois à Bilbao en 1872 dans son livre mi-partie basque et espagnol, *Compendio de la Vida de San Ignacio :* texte et traduction sont souvent réimprimés et vendus dans la province.

En ces derniers temps, quelques légères variantes ont été apportées au texte de D. Agustin Iturriaga ; mais ces variantes portent seulement sur deux ou trois des derniers vers de chaque strophe et n'altèrent en rien la pensée primitive : elles lui donnent seulement une teinte plus pieuse, d'où le nom de *Marche religieuse* donné à Azpeitia au texte ainsi modifié, par opposition à la *Marche belliqueuse* du texte primitif.

Un prêtre aimable et distingué, M. l'abbé José Ignacio de Aldalur, mort récemment organiste d'Azpeitia, et dont bien des Bayonnais ont pu goûter le remarquable génie musical lors de la dernière émigration carliste, a fait de nombreuses variations sur l'air primitif de la *Marcha de San Ignacio.* Il avait lui-même composé, sur un cantique du P. de Arana, une très belle Marche nouvelle, fort estimée en Guipuzcoa, orchestrée pour orphéon, musique militaire et fanfare. Cette belle œuvre, chantée par des voix harmonieuses, bien exercées, accompagnées par un bon orchestre, est, nous assurent nos bons amis d'au delà les monts, d'un effet splendide.

Le P. de Arana a lui-même publié cette *Marche nouvelle* en même temps que l'ancienne dans un curieux opuscule basco-espagnol : *Loyola-co oroitza tsiki bat. Un pequeño recuerdo de Loyola* (Tolosa, 1883).

Enfin l'organiste actuel d'Azpeitia, D. Toribio Eleizgaray, vient de composer lui-même une nouvelle *Marche de Saint Ignace*, tant le sujet est fécond et inspire toujours heureusement les amis du saint Patron de la province !

Mais c'est toujours à la *Marcha antigua* que reviennent volontiers nos Basques guipuzcoans, et pour notre part nous n'oublierons jamais l'impression profonde que nous laissa cette Marche quand, au 31 juillet dernier, descendant des montagnes de Tolosa dans la vallée de Loyola, nous l'entendîmes pour la première fois à Régil, à la fin de la grand'messe : c'était, sur les lèvres de ces braves montagnards basques, un vrai cri de fier enthousiasme, que nous retrouvâmes plus harmonieux et plus vibrant encore le soir de ce même jour à Loyola.

*
* *

Le *Guernicaco Arbola* d'Yparraguirre a un tout autre accent que la Marche de Saint Ignace ; ici la note sentimentale domine, et, il faut en convenir, les Basques espagnols le chantent et l'écoutent avec un enthousiasme qui saisit les auditeurs étrangers.

On croit communément, et Manterola semble dire dans son *Cancionero vasco* (1), que ce beau chant fut composé par José

(1) CANCIONERO VASCO : *Cantos historicos*, San Sebastian, 1878, p. 67.

Maria Yparraguirre à Madrid, en 1853, à son retour d'Amérique; d'aucuns ont été même jusqu'à dire en ces derniers
temps, sans doute sous l'influence de passions politiques, que
le petit poème n'était qu'une des nombreuses compositions
banales inspirées par l'arbre de Guernica, et que la musique
d'Altuna seule en fait l'originalité et la popularité.

Ces assertions sont absolument inexactes : avant son départ
pour l'exil, vers 1842 ou 1843, Yparraguirre avait chanté le
Guernicaco Arbola. A son retour à Madrid, en 1853, il chanta
encore son poème avec beaucoup d'autres ; et, comme tous
les poètes basques, il y avait, depuis dix ou quinze ans, ajouté
de nombreuses strophes et variantes. Alors aussi il rencon-
tra un artiste consommé, Altuna, mort il y a quelques années
organiste à Lequeitio. De l'air primitif et sans doute un peu
banal, Altuna sut faire jaillir les notes pénétrantes qui enthou-
siasmèrent d'abord les habitués du café *San Luis* de Madrid,
et bientôt les compatriotes d'Yparraguirre.

Nous avons de la date de la composition primitive de *Guernicaco Arbola* le témoignage précieux de deux contemporains :
le P. I.-J. de Arana, le poète érudit qui connaît si bien les
gloires de son cher Pays Basque, et M. le chanoine Adéma.

Notre aimable compagnon de voyage à Azpeitia nous livre à
ce sujet un souvenir tout personnel. Vers 1845 ou 1846, alors
que M. Adéma, jeune élève au Petit Séminaire de Larressore,
se livrait à ses moments perdus aux premières inspirations
de la muse euskarienne, l'excellent supérieur, M. l'abbé
Harambourc, voulut un soir donner à tous, professeurs et
élèves, le régal d'une de ces séances récréatives qui tempè-
rent un peu l'austérité de la discipline quotidienne et sont
toujours si bien goûtées de tous les enfants, grands et petits.
Ce fut Yparraguirre, en partance pour l'Amérique, qui en fut
le héros. « Il me semble encore, nous disait M. Adéma, voir
le barde, déjà célèbre dans les trois provinces basco-espagno-
les, entrer en scène, sur le petit théâtre improvisé, d'un pas
vif et leste, sa tête expressive coiffée d'un béret, sa *gaïta* ou

guitare en main, ses yeux enflammés, sa barbe élégante, à la royale, sa fine taille dessinée par une ceinture rouge, ayant aux pieds de légères espadrilles. Il nous salua avec beaucoup d'aisance et de grâce, et se mit à chanter quelques-uns de ses *zorzicos* d'une voix chaude et vibrante, soutenue par les accords sonores de sa guitare : il nous donna la fleur de ses poésies, déjà populaires par delà les monts, et sa voix si harmonieuse, ses vers si bien inspirés soulevèrent bientôt de vifs applaudissements. Ces bravos exaltaient le barde qui, visiblement et à certaines reprises, improvisait. Un de ces chants les plus expressifs disait la vie errante du poète, les douleurs de l'exil, l'espoir du retour en la patrie adorée :

Guitarra sarcho bat dut
Neretzat laguna,
Horrela ibilzen da
Artist euskalduna.

Egun batean pobre,
Berzietan jauna
Cantatzen pasatzen dut
Nic beti eguna.

« J'ai pour compagnon une vieille guitare ; ainsi voyage « l'artiste euskarien. Pauvre aujourd'hui, demain grand sei- « gneur, je passe tous mes jours à chanter ! »

Parmi les nombreuses strophes que chanta ce soir-là Ypar- raguirre, il y avait certainement quelques vers du *Guernicaco Arbola*.

Ce premier jet du poète avait-il déjà les huit premières strophes ? On sait qu'il y en a douze aujourd'hui ; mais les quatre dernières, de l'aveu même des admirateurs du poète, sont des additions très postérieures ou plutôt une redite affaiblissant la vigueur et l'originalité de ce petit chef-d'œuvre que deux mots résument, nous l'avons déjà dit, mais nous aimons à le redire encore : Religion et Patrie.

Quant à l'arbre de Guernica, longue en serait l'histoire ;

qu'il nous suffise de rappeler aux Basques français du
Labourd que jadis leurs aïeux délibéraient sous les chênes
et ormeaux voisins de l'église, et se réunissaient en *bilçar*
(assemblée générale des anciens) sous les chênes du bois de
Haïtce, à Ustaritz ; les Basques d'au delà les monts tenaient
leurs *juntas* de Biscaye sous l'arbre de Guernica.

La fondation de la ville de Guernica ne remonte qu'à l'année
1366 ; mais bien avant Ferdinand et Isabelle qui, vers 1480,
jurèrent là de respecter les *fueros*, le roi Alphonse VIII avait,
au commencement du xiiie siècle, prêté le même serment :
une tradition à peu près constante porte que ce fut sous un
chêne planté au même lieu, qui déjà portait le nom de Guernica. Ce grand fait historique a été admirablement reproduit
dans le beau vitrail qui éclaire le vestibule et l'escalier du
superbe palais de la *Diputacion*, à Saint-Sébastien. L'arbre
foral se retrouve du reste dans plusieurs des armes des villes
et pueblos du Guipuzcoa : Lascano, Villahona, Régil, Saint-
Sébastien, Usurbil, Cegama.

« Rien de plus beau, de plus convenable, s'écriait récemment un écrivain basque, que d'honorer la mémoire de nos
pères en conservant toujours ces glorieuses traditions que le
chant immortel d'Yparraguirre ont rendues populaires (1) ».

Avons-nous besoin d'ajouter que c'est du *Guernicaco Arbola*
que s'est inspiré Zalduby pour le chant qui nous paraît couronner si bien l'appendice ? Comme le barde guipuzcoan, le
poète labourdin a voulu célébrer les liens si forts et si doux
du patriotisme basque de l'un et de l'autre côté des Pyrénées,
qui font des sept provinces le seul Pays Basque et de ses
multiples dialectes et sous-dialectes la seule langue *Eskuara*.

C. B.

(1) Euskal-Erria, *El arbol de Guernica*, par Antonio Arzac ; 30 septembre 1893.

San Iguacio Loyolacoa-ren ibillueurria edo Marchea

PAS MESURÉ ou MARCHE DE SAINT IGNACE

Traduction littérale et presque mot à mot

—

LENENGO PARTEA EDO ZATIA

PREMIÈRE PARTIE

Batena

Une voix

Ignacio, gure Patroi aundia,

Ignace, notre grand patron,

Guciona

Tous

Jesus-en Compañia
Fundatu
Eta dezu armatu :
Ez da ez etsairic
Jarrico zatzunic
Iñolaz aurrean
Gaurco egunean ;
Naiz betor Lucifer deabrua
Utziric infurnua.

Qui avez fondé
La Compagnie de Jésus
Et l'avez armée (pour le combat) :
Non, il n'y a pas d'ennemi
Qui d'aucune façon
Vous approchera
Aujourd'hui
Vienne le démon Lucifer lui-même,
Ayant quitté son enfer.

(*Berriro* — Ignacio, *etc.*)

(*De nouveau*, Ignace, *etc.*)

Zure soldaduac
Dirade aingueruac,
Zure güidaria
Da Jesus aundia,
Garaitu dituzte zure anayac
Etsayac.

Vos soldats
Sont les Anges ;
Celui qui vous conduit
Est Jésus le Grand ;
Votre Compagnie a vaincu
Les ennemis.

Birena

Deux voix

Ez dauca Fedeac
Ez, Cristau nereac,
Ez dauca bildurric
Iñungo aldetic :

Non (désormais), la Foi,
Ni mon Christ,
N'a de crainte
De nulle part.

Guciona

Tous

Ignacio ór-dago,
Beti ernai dago,
Or dauca géndea
Chit garaitzállea
Bandera alchaturic

Ignace est là,
Toujours vigilant.
Il tient sa Compagnie
Sous les armes,
L'étendard levé,

Birena	Deux voix
Guerran azaldu nairic,	Ayant hâte de livrer la bataille,
Gau eta egun	Nuit et jour.
Guztioc paquea dezagun	Et nous tous ayons la paix,

Guciona	Tous
Beti gau eta egun.	Toujours, nuit et jour.
(Berriro — Zure soldatuac, etc).	(De nouveau, Vos soldats, etc.)

BIGARREN PARTEA	SECONDE PARTIE

Batena	Une voix
Ignacio, bildu dezu munduan	Ignace, vous avez rassemblé dans le monde,

Guciona	Tous
Arritzeco moduan	D'une manière étonnante,
Gendea	Une foule d'hommes
Fede biciz betea,	Pleins d'une Foi vive,
Gende jaquintsua	Gens instruits
Eta indartsua	Et forts,
Beti dabillena	Qui toujours se jettent
Guerretan aurrena,	Au plus fort de la mêlée.
Eleizaren etsayac billatzen,	Ardents à poursuivre l'ennemi,
Topatu ta garaitzen.	A l'atteindre et à le vaincre.
(Berriro — Ignacio, bildu, etc.)	(De nouveau, Ignace, vous avez, etc.)

Dituzu anayac	Vous avez vos frères
Guerra eguin nayac,	Brûlant de guerroyer,
Da oyen leguea	Et leur loi est
Etsai garaitzea ;	De vaincre les ennemis ;
Oyec ditu bere gordetzalleac	Ce sont eux qu'a pour ses défenseurs
Fedeac :	La Foi :

Birena	Deux voix
Dirade ezagun ;	Ils sont bien apparents ;
Dabiltza gau ta egun	Ils s'en vont nuit et jour
Europan, Asiyan	En Europe, en Asie,
Africa, American ;	En Afrique, en Amérique,

Guciona	Tous
Legorrez ta ichasoz	Et par terre et par mer.
Dijoaz ta datoz,	Ils s'en vont et reviennent,

Dabiltza néquean
Indio tártean,
Edo erregue-échean,

Birena

Jesus-en icenean
Beti pelean
Bicitzac dirauben artéan

Guciona

Beti beti pelean.

(Berriro — Dituzu anayac, etc.)

Affrontant les fatigues,
Au milieu des Indiens,
Comme dans les palais des rois,

Deux voix

Au nom de Jésus,
Toujours dans le combat.
Tant que dure la vie ;

Tous

Toujours toujours dans le combat.

De nouveau, Vous avez vos frères, etc.)

IRUGARREN PARTEA

Batena

Ignacio, dira zure anayac

Guciona

Ichas guizon arguiac,
Arraunac
Bogatzen daquienac,
Pedroren ontzia
Badago ertzia
Arroca tartean
Egunen batean,
Bertatic botean dira sartzen
Eta argana joaten :

(Berriro — Ignacio dira, etc.)

Socaquin loturic
Arroquen artetic,
Baldin bada etsairic
Oyec garaituric ;
An daramate ontzia cayera
Lurrera.

Birena

Naiz izan ecaitza
Bogatzeco gaitza,
Eta baguen goyac
Naiz busti odeyac,

TROISIÈME PARTIE

Une voix

Ignace, vos frères sont

Tous

Hommes de mer éclairés,
Rameurs
Habiles à naviguer :
Si le navire de Pierre
Se trouve en détresse
Entre les rochers,
En un certain jour,
Vite ils entrent dans leur embarcation
Et voguent vers lui.

(De nouveau, Ignace, vos frères sont, etc.)

S'attachant à lui avec leurs cordages,
Le dégageant d'entre les rochers,
Et même s'il y a là des ennemis,
Après les avoir vaincus,
Les voilà qui ramènent le navire au
A la terre ferme.   [port,

Deux voix

Et bien que la tempête
Soit rude aux rameurs,
Et bien que les flots soulevés
Trempent les nuages,

Guciona	*Tous*
Arraunac arturic,	Se saisissant de leurs rames,
Alcar alaituric,	S'encourageant entr'eux
Botean sarturic,	Enfermés dans leurs bateaux,
Vicitzaz azturic,	Oublieux de leur vie,
Boa boa deiric,	S'écriant : Allons ! allons !
Birena	*Deux voix*
An dijoaz cayetic	Les voilà qui partent du quai,
Bultzeaz quilla,	Faisant filer vite leur esquif,
Pedroren ontziaren billa	Sauver le vaisseau de Pierre,
Guciona	*Tous*
Beti bultzeaz quilla.	Toujours hâtant leur esquif.
(*Berriro* — Socaquin loturic, *etc.*)	(*De nouveau*, S'attachant, *etc.*)

GUERNIKAKO ARBOLA	L'ARBRE DE GUERNICA
TEXTE GUIPUZCOAN	TRADUCTION LITTÉRALE

1

Guernikako arbola	L'arbre de Guernica
Da bedeinkatuba,	est béni
Euskaldunen artean	Parmi les Basques,
Guztiz maitatuba :	surtout il est chéri.
Eman ta zabaltzazu	Chêne sacré,
Munduban frutuba ;	Donnez et répandez
Adoratzen zaitugu,	votre fruit dans le monde,
Arbola santuba.	Nous vous adorons.

2

Mila urte inguruda	Il y a environ mille ans,
Ezaten dutela	D'après ce que l'on dit,
Jaincoac jarrizubela	Que Dieu avait planté
Guernikako arbola :	l'arbre de Guernica.
Zaude bada zutikan	Tenez-vous donc debout
Orain da dembora.	Voici le temps (l'heure).
Eroritzen bazera	Si vous tombez
Arras galdugera.	Nous sommes tout à fait perdus.

3

Etzera erorico	Non, vous ne tomberez pas,
Arbola maitea	arbre bien-aimé,
Baldin portatzen bada	Si la confédération de Biscaïe
Vizkaiko juntia :	agit avec honneur :
Laurok artuko degu	Les quatre (provinces) nous
Zurekin partia,	prendrons votre parti,
Palkian bizi dedin	Afin que le peuple basque
Euskaldun jendia.	vive en paix.

4

Betiko bizidedin	Pour demander à Dieu
Jaunari ezkatzeko	que (notre arbre) vive toujours,
Jarri gaitezen danak	Mettons-nous tous
Laster belauniko :	vite à genoux.

Eta biotzetikan
Eskatu ez gero
Arbola biziko da
Orain eta gero.

Et après que du fond du cœur
nous aurons prié,
Le chêne sacré vivra
dans le présent et l'avenir.

5

Arbola botatzia
Dutela pentzatu,
Euskal herri guztiyan
Denak badakigu :
Ea bada jendia
Dembora orain degu,
Erori gabetanik
Iruki biagu.

Nous savons bien
dans tout le pays basque
que l'on a médité
d'abattre notre arbre :
Eh bien donc, nation euskarienne,
c'est maintenant le moment,
Avant qu'il ne soit tombé,
Nous devons le soutenir.

6

Beti egongozera
Uda berrikua
Lore aintziñetako
Mancha gabekoa :
Erruzaitez bada
Biotz gurekoa,
Dembora galdu gabe
Emanik frutuba.

Toujours vous resterez
printanier,
D'avant les fleurs
sans tache :
Ayez pitié de nous,
ô vous le chéri de notre cœur,
Et sans perdre de temps
donnez-nous votre fruit (de liberté).

7

Arbolak erantzun du
Kontuz bizitzeko,
Eta biotzetikan
Jaunari eskatzeko :
Guerrarik nai ez degu
Pakea betiko
Gure lege zuzenak
Emen maitatzeko.

Et l'arbre nous a répondu
De vivre vigilants
Et de prier Dieu
du fond de nos cœurs.
Nous ne voulons pas de guerre,
mais oui la paix pour toujours
afin d'aimer en ces lieux
nos lois équitables.

8

Erregutu diogun
Jaungoiko Jaunari
Pakea emateko
Orain eta beti :
Bai eta indarrare
Zedorren lurrari
Eta bendiziyoa
Euskal herriyari.

Supplions
le Seigneur Dieu
de donner la paix
maintenant et toujours,
ainsi que la force
à la terre de nos libertés
et sa bénédiction
au pays euskarien.

9

Orain kanta ditzagun	Maintenant chantons
Laubat bertzo berri	quatre nouveaux couplets
Gure probintziaren	à la gloire
Alabantzagarri :	de notre province :
Alabak esaten du	L'Alava dit,
Su garrez beterik	pleine d'ardeur,
Nere bihotzekua	j'abandonnerais moi
Eutziko diat nik	le chéri de mon cœur ?

10

Guipúzkoa urrena	Le Guipuzcoa immédiatement
Arras sentiturik	absolument ému,
Asi da deadarrez	a commencé à se lamenter criant
Ama Guernikari :	vers la mère Guernica :
Ethorri etzeitzen	Pour que vous ne tombiez pas
Arrimatu neri	appuyez-vous à moi,
Zure zendogarriya	Je suis ici, moi
Emen nakasu ni.	qui serai votre salut.

11

Ostoa berdia eta	Ayant feuillage vert
Zaiñac ere fresko,	et racines fraîches,
Nere seme maiteak	ô mes fils bien-aimés,
Ez nez eroriko :	je ne tomberai pas.
Beartzen banaitz ere	Si vous avez aussi besoin,
Egon beti pronto	restez toujours prêts et prompts
Nigandikan etzayak	à repousser les ennemis
Itzurerazoko.	d'auprès de moi.

12

Gutiz maitagarria	O vous toute aimable,
Eta oestarguiña	ô vous notre protectrice,
Begiratu gaitzatzu	gardez-nous,
Zeruko erregiña	Reine du ciel.
Gerrarik gabetanik	Si nous pouvons vivre
Bizi albagiña.	sans guerre,
Oraindaño izandegu	que dès à présent
Guretzako diña.	nous ayons la paix assurée.

1893

Azpeitiako Bestan, ꜱ Neurtitz Gudua

*Lehen garhait saria F. Lopez Alen,
Donastiar, neurtitz ok paratu ditnerari.*

1893

ᴀ la fête d'Azpeitia, Concours de poésie,
*premier prix de vainqueur à M. F. Lopez
ᴀlen, de Saint-Sébastien, qui a composé
ces vers-ci :*

AMA BATEN OTSA SEASKAREN ONDOAN

I

Zer darabiltzu nere maitia ?
Nork du maitecho eznatu ?
Ametzetatik ain ondo zeuden
Nork othe zaitu ernetu ?
Norentzat dira far-irri oyek ?
Nori bigaltzen dizkatzu ?
Zu eznaiutzen zeran guztiyan
Ama jartzen da kontentu.

Zeñenak dira musu gorriyak
Maindiriaren orrian
Diruditenak lorak daudenak
Sardiñen osto tartian ?
Nork zabaldutzen ditu algarak
Orren alaicho echian ?
Nork jarri zaitu usai gozozko
Seaska churi-churian ?

Aitacho aurki datorrenean
Lanetik zure ondora,
O ! zer pozakin laztan-musuka
Zaitun artuko besora ;
Ta bitartian gure aurchoa
Titia artuta gerora
Lo egingo du, amak echeko
Lanak egiñik gustora.

A ! nik ikusten zaitutanian
Lotan zaudela geldirik
Ille kiskurrak darizutela
Kopetetikan jechirik,
Orduban nere barrenak ez du
Pentzatzen beste gauzarik
Jaunak zuretzat etorkisunan
Zer ote dauka gorderik !

CHANT D'UNE MÈRE AUPRÈS DU BERCEAU

I

Qu'avez-vous, mon petit bien-aimé ? —
Qui a réveillé mon petit chéri ? — Il était
là si bien à rêver. — Mais qui vous a
donc ainsi dégourdi ? — Pour qui sont
ces éclats de rire ? — A qui les adressez-
vous ? — Chaque fois que vous vous
réveillez, — La mère se rend contente.

A qui sont ces joues roses — Entre les
plis du drap de lit ? — Et qui ressemblent
à des fleurs émergeant — D'une touffe de
feuillages du jardin ? — Qui fait éclater ces
rires — Si joyeux dans la maison ? —
Qui vous a mis dans ce berceau — Au
doux parfum, si blanc, si blanc ?

Quand petit père vite va venir — De
son travail à la maison, — Oh ! avec quel
plaisir, en vous embrassant et vous couvrant de baisers, — Il vous prendra dans
ses bras !... — Et entre temps, notre petit
enfant, — Après avoir pris le sein, — Se
rendormira jusqu'à ce que la mère — Ait
fait à l'aise les travaux de son ménage.

Ah ! quand je vous contemple — Endormi et doucement immobile, — Les
boucles des cheveux pendant — Et retom-
bant de votre front si pur, — Alors mon
cœur — Ne pense rien autre chose : —
— Ce que le Seigneur pour vous dans
l'avenir — Vous réserve de caché

Ez !.,. etzazula negarrik egin
Amacho daǵo ondoan
Eta negarrak amachori gaitz
Egiteń diyo kolkoan ;
Ez !... Ez !... maitia, atoz nigana
Artuko zaitut besoan
Ikuz'itzazun mutill chikiak
Jostatzen gure ausoan.

Non !... ne pleurez pas : — Votre mère
est ici près de vous. — Et les pleurs à la
mère font du mal à la gorge. — Non,
non, chéri, venez à moi ; — Je vous
prendrai dans mes bras — Pour que vous
voyiez les petits garçons — S'amuser
dans notre voisinage.

....
....

II

Illunabarra badator
Gauza guziyak estaltzen,
Eguzkiak zitubenak
Ain ederki apaitzen.

La nuit arrive, — Qui couvre toutes
les choses — Que le soleil revêtait — De
ses rayons avec tant de splendeur.

Nere ondoko leyotik
Zentitzen det ; ¡zer gozo !
Aurrari nola ari dan
Ama kantari erazo :

De la croisée voisine, — J'entends,
quelle douce chose ! — Comment à son
enfant — Elle parle en chantant :

« Nere maitia lo ta lo
Egingo degu gozoro...!
Zuk orain eta nik gero
Biyak egingo degu lo... lo...! »

Mon bien-aimé, nous allons dormir, et
encore dormir doucement. Vous d'abord,
et moi après, tous les deux nous dormi-
rons (1).

(1) Ce lo, lo, lo, est intraduisible : *dors, dors, dors*, ou *dormons, dormons, dormons*,
ou *sommeil, sommeil, sommeil*.

Bigarren sarria, Felipe Casal Otegui,
Donaztiarrak

Deuxième prix obtenu par FELIPE OTEGUI,
de Saint-Sébastien

—

AMA EUSKARA ETA BERE UMIAK   La Mère Euskuara (langue basque) et ses enfants

1

UMIAK.

¿Ama gaitzen bat aldu
Barrunen sentitzen ?
Triste-daguela gaur
Zaigu iruditzen ;

AMAK.

Ez, umiak, oraindik
Ain gaizki arkitzen,
Ez nain, bañan laguntza
Dizutet ezkatzen.

2

UMIAK.

Umiak emen gaude
Beti laguntzeko,
Eta gure biyotzak
Zuri emateko ;

AMAK.

Ni ere emen nago
Zubek maitatzeko,
Eta beso artian
Danak lastantzeko.

3

UMIAK.

Zuri gaitz egin nayan
Dabiltza etzayak,
Bañan ernai gaude gu
Zaitutzen guztiyak ;

1

LES ENFANTS.

Mère vous devez avoir mal
dedans.
Il nous semble qu'aujourd'hui
Vous êtes toute triste.

LA MÈRE.

Non, enfants, en ce moment
je ne me trouve pas si mal ;
mais je vous demande
secours.

2

LES ENFANTS.

Nous voici vos enfants
prêts à vous secourir,
et pour vous donner
nos cœurs.

LA MÈRE.

Me voici, de mon côté,
pour vous aimer aussi
et pour vous enlacer
dans mes bras.

3

LES ENFANTS.

Les ennemis s'agitent
voulant vous nuire ;
mais nous sommes
vigilants, nous tous qui
vous avons (pour mère).

AMAK.

Elkhartasun onean.
Zazpi Probintziyak,
Urra bear ditugu
Oyen charkeriyak.

LA MÈRE.

Les sept Provinces
en bonne solidarité
nous devons déchirer
leurs vilains complots.

4

UMIAK.

Gure aurreko ayek,
Denak baturikan,
Esagutu etzuten
Yñoiz bildurrikan ;

LES ENFANTS.

Ces voisins à nous
tous réunis,
N'avaient connu
jamais de crainte.

AMAK.

Ala da, eta zegi
Ayen bidetikan,
Ez dediyen astutzat
Geldi legerikan.

LA MÈRE.

C'est vrai, et gardez-vous
de leur chemin,
Pour que contre nos usages
il n'y ait pas de loi.

5

UMIAK.

Ama, egingo degu
Alegin guztiyak
Galtzeratu bañan len
Naiz utzi biziya ;

LES ENFANTS.

Mère, nous allons faire
tout notre possible,
Et plutôt que de les perdre (nos fueros),
Quand même nous y mettrions la vie.

AMAK.

Umiak, arrazoiyak
Du indar aundiya,
Ta Jainkoak egingo
Digu ekadoiya.

LA MÈRE.

Enfants, la raison
a une grande force
Et Dieu nous fera
justice.

6

UMIAK.

Orain erregutzeko
Gure Jainkoari,
Bear dugu guztiyak
Belauniko jarri ;
Bai ere kontu egin
! Ama ¡ euskarari
Gure lege on eta
Oitura zarrari.

LES ENFANTS.

Et maintenant pour prier
Notre Dieu,
Nous devons tous
nous mettre à genoux,
Et aussi faire attention
A notre Mère, l'Eskuara,
A nos justes lois et
à nos vieilles coutumes,

BIZI-BITEZ EUSKERA TA EUSKUALDUNAK

Azpeitiko Euskal-jostaldietan, gaurço Eus-kualdun obeenen Aita-Jaun on Antonio Abadi-koari.

KANTAURREA

Euskera bizi-bedi
Bizi Euskaldunak,
Beren kristautasunaz
Nunai ezagunak ;
Ama Erria-ren alde
Umanta (1) zaldunak,
Oitaru (2) gordetzalle
Alkarren lagunak.

KANTALDIYAK

Agur gure biotzeko
Aita-Jaun aundiya,
Abadi-ko Antoniyo
Aitor-en semia ;
Zurekin poztutzen da
Azpeitiko erria,
Zeralako Euskaldunen
Aiñ maitalaria.

Badakigu zerala
Euskaldun lenena,
Jakinduri askotan
Jakintsu goyena ;
Izar jakintzan ere
Izar argiena,
Gizonak zeruratzen
Saya zeradena.
Euskera bizi, etc.

(1) Umanta-heroe.
(2) Oitarauak — Fueros.

VIVENT L'ESKUARA & LES EUSKARIENS

Aux fêtes Basques d'Azpeitia, cantaté à M. Antoine d'Abbadie, père et chef de tous les meilleurs Basques d'aujourd'hui.

REFRAIN

Vivent l'Eskuara ;
Vivent les Basques,
Partout renommés
par leur Foi chrétienne,
Héroïques chevaliers ;
Chauds partisans de la Mère Patrie ;
De leurs Fueros défenseurs
Compagnons les uns des autres.

COUPLETS

Salut, Père et chef
tant aimé de nos cœurs,
d'Abbadie Antoine,
fils de noble race :
Près de vous se réjouit
la ville d'Azpeitia,
parce que vous êtes
si grand amateur
des Basques.

Oui, nous savons que
vous êtes le prince
des Basques, et le plus
élevé des savants,
Dans la science des astres
l'astre le plus lumineux,
Et que par vos lumières
vous vous efforcez
d'élever les hommes
vers les choses du ciel.

Aprika-tar beltz eta
Ijito tarretan,
Brasill-go erreiñu ta
Europa-koetan ;
Zure jakinduriya
Egon da loretan,
¡ Maitagarriya zera
Guretzat benetan !

Parmi les noirs Africains
et les Egyptiens ;...
Dans les états du Brésil,
comme dans ceux de l'Europe,
Votre vaste savoir
est devenu glorieux.
Et pour nous vraiment
vous êtes l'homme
aimé par excellence.

Alai gaituzu danok
Emen agertzian,
Euskal amore bizi
Anaitasunian ;
Euskal-gauzak altsarik
Iru egunian,
Inazio-ren Etse
Eta sorterrian.
Euskera bizi, etc.

En nous apparaissant ici
vous nous réjouissez tous,
dans notre amour ardent de basque
et dans notre fraternité,
Pendant qu'en ces trois jours de
fête, vous exaltez toutes choses
aimées des Basques dans la
patrie et le berceau du basque
Saint Ignace.

Sutuko gera aurrera
Zurekin batera,
Euskaldun seme danok
Alkar maitatzera ;
Maitatzera Fedea
Maitatzera Euskera,
Beltzebu-tar guziei
Gogor egitera.

Avec vous désormais
nous nous enflammerons,
nous tous fils de Basques
à nous entr'aimer,
A aimer notre vieille Foi
et notre immortelle langue,
A être durs et sourds
A tous les partisans de Belzébuth.

Maitaturik euskaldun
Oitura dontsuak,
Sortuko dira berriz
Gizon ospatsuak ;
Loiola ta Loinaz-en
Oso antzekuak,
Okendo ta Elkano-ren
Parez goitzekuak.
Euskera bizi, etc.

Oui ! en aimant toujours
les antiques et sacrées coutumes
de nos aïeux, il surgira encore
parmi nous des hommes fameux ;
émules par leur génie
des Loyola et des Lainès,
capables de s'élever à
la hauteur d'Okendo et
d'Elkano.

GAUDEN ESKUALDUN

*Laphurtar kantu berriak, Gipuzkoar eta
Bizkaiarrek Gernikako Arbolarenak dituzten gisa berekoak.*

G. A. Zaldubyk eginak

RESTONS BASQUES

*Nouveau chant Labourdin à l'imitation de
celui des Guipuzcoans et Biscaïns sur
l'Arbre de Guernica.*

Fait par G. A. Zaldouby

KOPLARTETAKO GUZIEN ERREFAUA

Zazpi Eskualherriek
Bat egin dezagun :
Guziak bethi bethi
Gauden gu Eskualdun.

REFRAIN D'ENTRE COUPLETS (CHANTÉ) PAR TOUS

Les Sept Pays Basques,
ne faisons qu'un
Tous, toujours, toujours,
nous (du moins) restons Basques.

SOLO

1

Agur eta ohore
Eskualherriari ;
Laphurdi, Basa-Nabar,
Zibero gainari,
Bizkai, Nabar, Gipuzko,
Eta Alabari ;
Zazpiak bat besarka
Loth beitetz elgarri.

1

Salut et honneur
au Pays Basque,
Labourd, Basse-Navarre,
Haute Soule,
Biscaïe, Navarre, Guipuzcoa,
et l'Alava :
Que les sept ne faisant qu'un
s'embrassent entr'eux.

2

Haritz eder bat bada
Gure mendietan,
Zazpi adarrez dena
Zabaltzen airetan :
Frantzian, Espainian,
Bi alderdietan ;...
Hemen hiru'ta han lau,
Bat da zazpietan.

2

Il est un beau chêne
Dans nos montagnes
Qui de ses sept branches
S'élargit dans les airs.
Partie en France, partie en Espagne.
De l'un et de l'autre côté,
Ici trois (branches), là quatre...
Il n'est qu'un dans les sept.

3

... Ekhalde Iberrian
Lehenik sorthua,
Lau mila urthe huntan
Hor da landatua.
Hain handi lur libroan
Lehen izatua,
Orai gure haritza
Zein den murriztua !

3

Dans l'Ibérie de l'Orient
Né en premier lieu,
Depuis ces quatre mille ans
Le voilà planté là.
Si grand en terre libre
Ayant été autrefois,
Maintenant notre chêne
Oh ! que le voilà dépouillé !

4

Hi haiz Eskualherria
Haritz hori bera,
Arrotza nausiturik
Moztua sobera ;
Oi gure arbasoak,
Hots ! othoi ez beha
Zein goratik garen gu
Jautsiak behera.

4

C'est toi, ô Pays Basque,
Qui es ce même chêne-là.
L'étranger étant devenu maître,
On l'a trop émondé,
Oh ! nos ancêtres,
Ah ! de grâce, ne regardez pas
Combien de si haut nous sommes
bas descendus.

5

Eskualherri guzian
Alaba bakharra,
Ukhoan jarri zaikun,
Da gure ikhara.
Fueroak galdu eta
Utzi du Eskuara,
Akhabo Eskualduna,
Hortaratzen bada.

5

Dans tout le Pays Basque
Si l'Alava seule
Aurait renoncé à nous,
Voilà l'objet de nos alarmes.
Après la perte de ses Fueros
Elle a abandonné la langue basque.
C'en est fait du peuple basque.
S'il se réduit jusques-là.

6

Eskualduna jendetan,
Eskuara mintzotan,
Lehenak omen dire
Jakinen ahotan :
Nahiz orai arrotzak
Manatzen darokan,
Ago hor Eskualduna
Eskualdun herronkan.

6

Le Basque parmi les races,
L'Eskuara parmi les langues,
Sont, dit-on, des premières
Dans la bouche des savants.
Quoique maintenant ce soit l'étranger
Qui te commande,
Tiens toi là, Basque,
A ton rang de Basque.

7

Eskualduntasunari,
Eta Eskuarari
Balimba ez ginuke
Ukho egin nahi,
Halakorikan nihor
Gutarik baladi,
Eskualherri guzian
Baluke trufari.

7

A notre nationalité basque
Et à notre langue basque
A Dieu ne plaise que nous eussions
Le vouloir de renoncer.
Si de pareil renégat aucun
D'entre nous se rencontrait,
Dans tout le Pays Basque
Il ne lui manquerait pas de moqueurs.

6

8

Gureak ziren lehen
Bazter hauk guziak ;
Arbasoek utziak,
Hek irabaziak :
Guri esker Frantziak,
Eta Espainiak,
Dagozkate dituzten
Eremu handiak.

8

Elles étaient à nous jadis
Toutes ces contrées-ci ;
Léguées par nos aïeux
Conquises par eux.
C'est grâce à nous
Que la France et l'Espagne
Possèdent ce qu'elles ont
De si vastes étendues.

9

Mairu beltza zelarik
Espainian nausi,
Nabasen Eskualdunak
Egin zion jauzi
Lau ehun mila Mairu
Zituen herrautsi,
Eta gainerakoak
Igorri ihesi.

9

Alors que le noir Maure était
le Maître en Espagne.
A Las Navas le Basque
Lui sauta dessus ;
Quatre cent mille Maures
Il y mit en poudre,
Et le reste,
Il l'envoya en fuite.

10

Orduan gure alde
Oihuz zauden oro :
« Bere lurrean nausi
« Eskualduna bego :
« Frantziak, Espainiak,
« Bai orai, bai gero,
« Deus khendu gabe dute
« Gerizatu gogo ».

10

Ah ! alors en notre faveur
Tous étaient à crier (ceci) :
« Que dans sa terre maître absolu
« Le Basque soit laissé.
« La France et l'Espagne,
« Et dans le présent et dans l'avenir,
« Sans lui rien enlever, ont
« la volonté de l'abriter ».

11

Patu hoiez geroztik
Gan dire demborak :
Ukhatu diozkate
Hartzedunei zorrak.
Oi indarraren lege
Latz eta gogorrak !
Zuzendunak galduez
alfer heiagorak !

11

Depuis ces pactes-là
Il s'est écoulé des temps.
L'on a nié
Les dettes aux créanciers.
O ! combien les lois de la force
Sont rudes et dures !
De l'ayant droit sur ces pertes,
Vaines sont les clameurs plaintives !

12

Gureez gure lehen,
Hain libro ginenak,
Ezin ahantziz gaude
Orduko zuzenak :
Zer ametsak ditugun,
Zer orhoitzapenak,
Jaungoikoak bakharrik
Badakizka denak.

13

Ez bahaiz Eskualduna
Lehen bezein handi,
Aphaldu gabe chutik
Bederen egoadi :
Odolez eta Fedez
Bethi berdin garbi ;
Handizki atchikia
Hire eskuarari.

14

Zuri gaude othoitzez
Yaungoiko maitea :
Lagun zazu zerutik
Eskualdun jendea
Bethi begira dezan
Lehengo Fedea,
Eta libertatean
Besarka bakea.

12

De ce qui était bien à nous autrefois
Nous qui jouissions si librement,
Nous voici ne pouvant pas oublier
Nos justes droits d'alors.
Quels rêves nous faisons,
Quels souvenirs (nous hantent)
Le Dieu d'en haut seul
Connaît tout cela.

13

Si tu n'es pas, ô Basque,
Aussi grand qu'autrefois,
Sans t'abaisser, debout
Au moins maintiens-toi ;
Par ton sang et ta foi
Toujours également pur,
Avec grandeur attaché
A ta langue basque.

14

Vers vous nous voici en prière
O Dieu bien-aimé.
Secourez du haut du ciel
Le peuple basque.
Qu'il conserve toujours
Son ancienne foi
Et que dans la liberté
Il embrasse la Paix.

N. B. — Page 14, au lieu de Azpeitiensum lisez Azpeitiensium.
Page 15, note 1, au lieu de Antiguados, lisez Antiguedades de Cantabria.

Imp. et litho. A. Lamaignère — Bayonne — Biarritz.

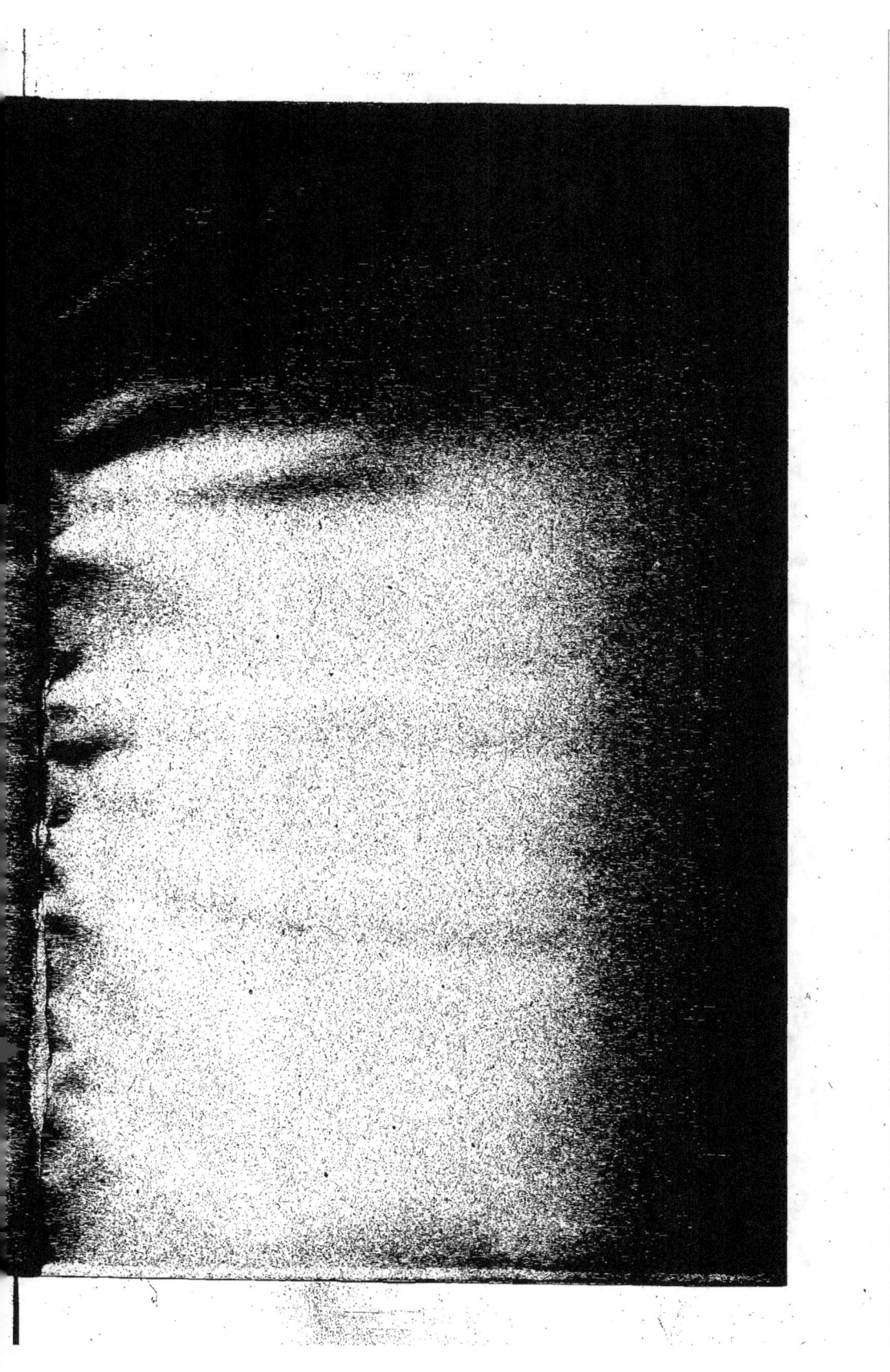

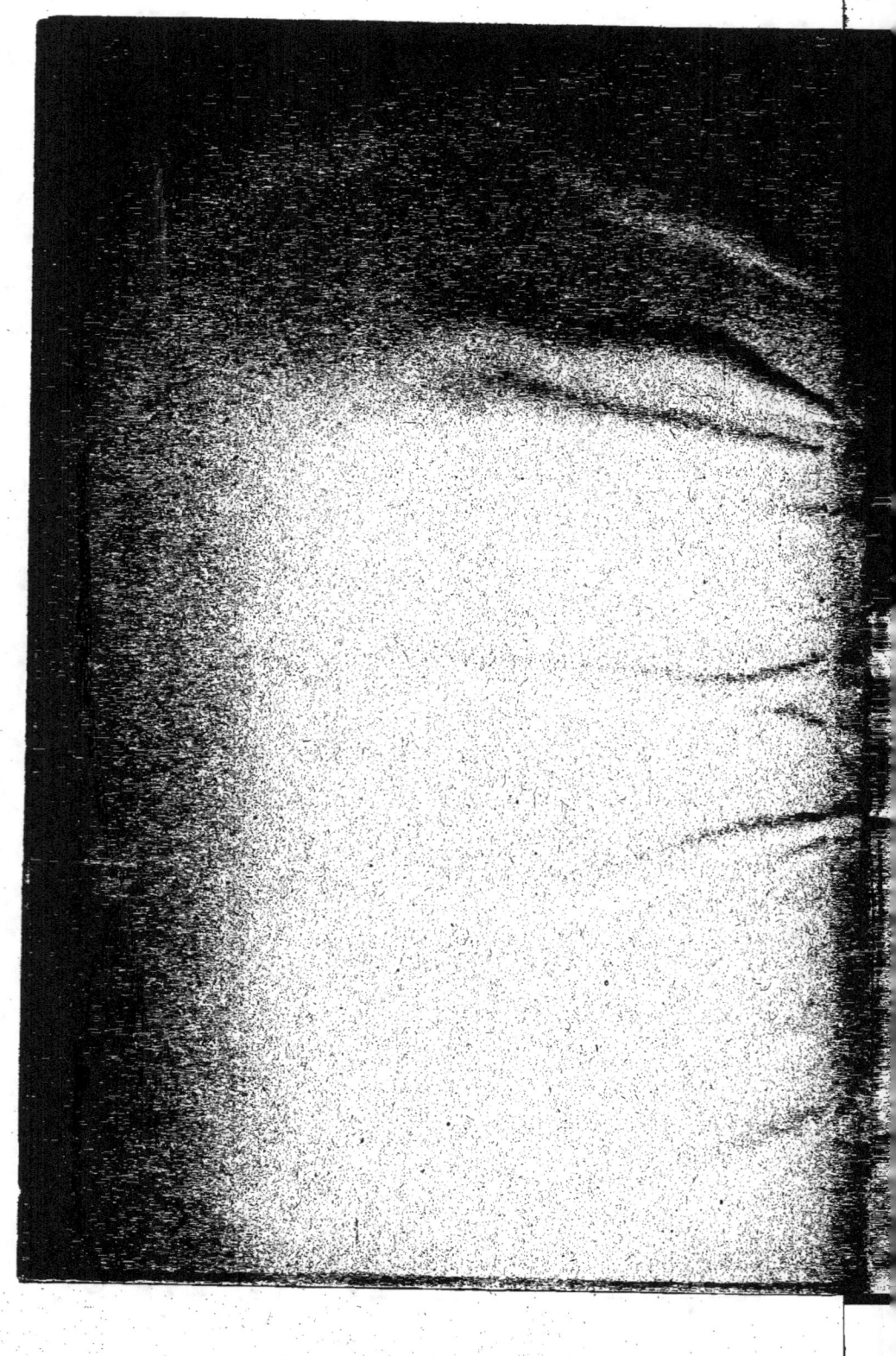